老舗旅館に嫁に来い!

Tenga Kobayashi
小林典雅

シャレードパール文庫

Illustration

藤井咲耶

CONTENTS

「ねえ柊一郎《しゅういちろう》、『まぐわい』と『乳繰り合う』と『契りを結ぶ』って、どれが一番クールな言い方?」

蔦野《つたの》柊一郎が食べ終わったピザの空箱を台所のゴミ箱に片づけていると、先に洗面所で歯を磨いていた青い目の恋人が言った。

「んー? ごめん、よく聞こえなかった。『まくわうり』と何?」

洗面所に向かいながら柊一郎が聞き返すと「違う、まぐわい」と歯ブラシを外して滑舌よく言い直される。

柊一郎の恋人のジューナ・アヴリーはLA《ロサンゼルス》生まれの二十四歳で、日本の大学で近代日本文学を学んでいる留学生である。

授業では川端康成《かわばたやすなり》などの原文を訳読しており、よほど焦ったりしない限り違和感ない日本語を操るが、却《かえ》って日本語に造詣《ぞうけい》が深すぎて、時々思いもよらない語彙《ごい》を繰り出して柊一郎を啞然《あぜん》とさせる。

「全部『エッチする』のオツな言い方だと思うんだけど、使い方は『今夜はいっぱい乳繰り合いたいな』とか『僕とまぐわいして?』みたいな感じでいいのかな」

「……えっと」

洗面台の鏡越しに澄んだ夏空のような瞳《ひとみ》で問いかけられ、柊一郎は返答に窮する。

ジューナは高校から熱心に日本語を学び、今では達筆とはいえないまでも平仮名片仮名と二千字程度の漢字も書くことができる。

若干アクセントが巻き舌になることもあるが、「ヴェジタボー」「トゥナメイヨウ」「ホッダッ」「バキットゥ」などとは言わず、「ベジタブル」「ツナマヨ」「ホットドッグ」「バケツ」と子音まできっぱりと日本風に発音するし、「サラリーマン」が給料男ではなく会社員一般のことだというような和製英語の知識も豊富である。

授業や書籍や友人経由で新しく仕入れた言葉はすぐ実地で使いたがり、「多分違うと思うけど、柊一郎って『元ヤン』？」とか、「柊は僕の『あらまほしい』人だ」などと言い出すので、後で辞書を引いてようやく相手が「理想的な人」と言いたかったらしいとわかったりする。

そんな二人の出会いは、柊一郎の勤務する旅行代理店にジューナが客として訪れた一年半前に遡《さかのぼ》る。来日してまもない頃、憧《あこが》れの京都《きようと》と奈良《なら》へ個人旅行に行きたくて相談にきたジューナを窓口で応対したのが柊一郎だった。

小一時間あれこれ希望の旅行内容について話をし、（すごく親切で英語も通じるし、興福《こうふく》寺《じ》の阿修羅像《あしゆらぞう》が成長したみたいなハンサムガイだ）とジューナは思い、柊一郎も（こんな綺《き》麗《れい》なプラチナブロンドなのに妙に仏像に詳しいところが面白い）とひそかに思った。

その時はお互いになんとなく第一印象がよかった、という程度で別れたのだが、後日柊一郎のアドバイスと手配により穴場の仏像巡りが満喫でき、ジューナはお礼にちょっとした京みやげを持って再来店した。

窓の外からニコニコと手を振られて柊一郎が出て行くと、感謝の言葉と旅の感想を表情豊かにまくしたてられた。通っぽく「ツマラナイモノですが」と言い添えてベタなコソ泥みたいな唐草模様の風呂敷《ふろしき》と舞妓《まいこ》仕様のあぶらとり紙を差し出され、ベストチョイスと信じて疑わない笑顔に柊一郎は微苦笑を誘われた。

本来は受け取れないが、せっかくの気持ちを無にするのも悪い気がしたし、普段自分が販売手配した旅行を実際にお客様にご満足いただけたのか直接知る機会がなく、こうしてわざわざ伝えにきてくれたことが嬉《うれ》しかった。

柊一郎はこっそりプレゼントを受け取ることにして、お礼にジューナを食事に誘った。いつもそんなことをしているわけではないが、自分が以前シアトルに一年交換留学した際にたくさんの親切な人たちと触れ合えたので、そのお返しという気持ちもあった。

ジューナの方もまだ日本での知り合いが少なく、教師や留学生同士で話すことが多かったので、生きた日本語を話すネイティヴスピーカーともっと会話をしてみたいと思っていたところだった。

そんな経緯でまず国籍を超えた友人づきあいを始めた二人は、そのうちお互いに性別を超えた愛情を抱くようになり、恋人同士に進展してからもうすぐ一年が経《た》とうとしている。

普段は留学生用の寮で暮らしているジューナだが、時々柊一郎の部屋を訪れて座学では学べない実践的日本語会話の習得に励んでいるのである。

「昨日フランツとね、日本語ってひとつのことを言うのに何種類も言い方があるよねって話してて、have sexを表す言葉をいろいろ書き出してみようってことになったの。例えば、やる・する・寝る・抱く・ひとつになる・ホテルに行く・ベッドまたは一夜を共にする・愛を確かめ合う・睦《むつ》み合う・身体《からだ》を繋《つな》げる・一緒に夜明けのコーヒーを飲もう・君の作った味噌《みそ》汁《しる》が飲みたい、とかね。『まぐわい』や『乳繰り合う』は、古事記《こじき》とか日本書紀《にほんしょき》にも出てくる表現なんだって。柊一郎も『抱いて』より『まぐわいして』の方がぐっとこない？」

……いや、俺は普通に『抱いて』の方がいい、それに一応優秀なバイリンガルのくせに無駄に語学力を駆使して何やってるんだ、と言いたかったが、妙な熱心さに笑いが込み上げてきてしまう。

「……えっとジューナ、よく調べたなってちょっと感心するけど、『君の作った味噌汁が飲みたい』っていうのは今実際に使う人がいるか知らないけど、婉曲《えんきょく》なプロポーズの意味になるんだよ」

ジューナは目を瞠《みは》って「Just as I thought…《やっぱり…》」と呟《つぶや》く。

「なんか変だと思ったんだけど、フランツは夜明けのコーヒーがあるんだから、日本特有の表現として夜明けの味噌汁もあるに違いないって言うんだよ」

性行為で消耗した身体に大豆製品を摂取することによって多くの日本人はあの通勤電車に耐えうる体力を回復させるんだってすごくドイツ人っぽく論理的に言うから、うっかりそうかもって思っちゃった、と肩を竦《すく》めるジューナに柊一郎はぷっと吹く。

「んー、確かに微妙に説得力ありそうな気もするけど、『味噌汁』っていう単語がどうにもエロくないからな。それ系の誘い文句には不向きだろう。……そういや、添乗員の友達に聞いたことがあるけど、アフリカのコンゴ川流域のなんとかっていう部族の間では、女の人が男に『あなたのために卵を料理してあげる』っていうのがエッチしようっていう誘い文句になるらしいよ」

へえ面白いね、卵で精をつけてくれって感じなのかなぁ、と笑いながらジューナは歯ブラシをコップに戻し、隣で歯を磨く柊一郎にちらっと流し目を送る。

「ねえ柊も、僕の作った卵料理食べたい？」

「……それは、なかなか魅力的な提案だけど」

そんなこと言っても全然料理なんかできないじゃないか君は、と心の中だけでつけ足すと、ジューナは聞こえたかのように不服げに唇を尖《とが》らせた。

「……今ね、目が口ほどにものを言ってた。柊は誤解してる。僕は料理ができないんじゃない。ただやったことがないだけ。寮も大学も食堂があるから自分で作る機会がないだけだよ」

やってみたら意外な才能があるかもしれないんだからね、と常に「Great!《すごい！》」「Excellent!《素晴らしい！》」と根拠もなく絶賛されて育つアメリカ人らしい主張をされ、まあそういうことにしといてもいいけど、と柊一郎は黙って口を漱《すす》ぐ。

……でもジューナが唯一作ってくれた料理はピーナツバターとジャムをパンに重ね塗りしただけのサンドイッチだったから、あれじゃ隠れた才能は見抜けなかった、とタオルで口を拭《ふ》きながら思っていると、またも気配で伝わったらしくジューナがきゅっと頬《ほお》をつねってくる。

「腹芸するのはやめてよ。柊も曖昧《あいまい》で本音と建前を使い分けて空気を読むことを強要する典型的日本人みたい。料理なんて柊の方が上手なんだから、上手い人が作ればいいじゃん。どうせ僕は三食シリアルでもへっちゃらで寿司《すし》ネタはアボカドが一番好きな味音痴のアメリカ人だよ。……もういい、柊には頼まれたって絶対卵料理なんか作ってやらないから」

人種論まで飛び出すほどの話題だっただろうかと首をひねりながら、拗《す》ねた顔で部屋に戻ってしまう相手を追う。

ジューナは明日から姉の結婚式に出席するために一時帰国することになっており、しばらく会えなくなる恋人とこんな益体もないことでもめている時間はない。

「ジューナ、俺だってアボカドとわさび醤油《じょうゆ》はかなり合うと思ってるし、ちゃんとジューナのピーナツバターサンドは世界一おいしいと思ってるよ。別に料理ができる子が好きだなんて思ってないし。……俺の好みは、俺よりよっぽど夏目漱石《なつめそうせき》に詳しくて、お気に入りのデートスポットがラーメン博物館で、美人なのに『よかっぺ時計』なんて書いてあるTシャツ平気で着ちゃうような子が好きなんだ。ジューナが一番よく知ってるはずだろ？」

ジューナは器用に片眉《かたまゆ》だけを上げて柊一郎をじっと見る。

「……ほんとに？」

「ほんとだよ」

ようやく笑顔が戻って頰にキスしてくるジューナに柊一郎もキスを返す。

もしもこんな自分を過去につきあった若干名に見られたら「…あんた誰《だれ》？」と驚愕《きょうがく》されるに違いない、と柊一郎は思う。一日十回は夫婦間でアイラブユーと言い合う国に生まれた恋人に、自分でも正気かと思うほどスキンシップや愛の言葉を言わされているが、相手の笑顔を見るためなら照れを捨ててしまえるのが不思議だった。

「ジューナ、明日は休めなくて成田《なりた》まで見送りに行けないけど、なるべく迎えには行くようにするからさ、帰りの便が決まったら早めに連絡して？」

「うん、ありがとう柊」

来日してから初めての帰省になり、ちょうど夏休みということもあって結婚式の後もひと月ほどあちらに滞在する予定だという。

ジューナは柊一郎の隣に寄り添って片手を握りながら言った。

「柊一郎、あのね、帰ったら両親にもう一年留学を続けたいって、頼んでみようと思ってるんだ。もともとは二年の約束だったけど、もっと古典文学の勉強とかもしてみたいし」

……ていうか柊と離れたくないだけなんだけど……と囁《ささや》かれ、柊一郎はぎゅっと相手の手を強く握り返す。

ジューナは日本ではうさぎ小屋のような学生寮に文句も言わずに住んでいるが、自宅はサンタモニカの高級住宅街ブレントウッドにあり、父親はハリウッドセレブも顧客に持つような法律事務所のシニアパートナー、母親は離婚専門のカウンセラーで、母方の祖母の家系はボストンの通りの名になるような古い家柄だという。

留学費用については一年延長したとしてもなんら支障はないらしいが、問題はその後だった。二人はお互いにこの先もずっと一緒に生きていきたいと真剣に考えている。双方とも相手のいない人生などもう想像もできなかった。

ただ、柊一郎にはジューナが留学を終えて帰国する際に一緒に渡米するという道を選びたくても身軽に踏み切れない理由があった。

柊一郎の実家は、東京《とうきょう》から特急で二時間のところにある月詠《つきよみ》温泉で江戸時代から代々続く老舗《しにせ》旅館『蔦乃屋《つたのや》』を営んでいる。

柊一郎はその十代目の跡取り息子という立場にあり、大学卒業後五年間は社会勉強のために一般の企業に勤めてから実家に戻って若旦那《わかだんな》になるようにと取り決められていた。

月詠温泉郷は、大火により江戸時代の旅籠《はたご》が焼失したのち大正期に建て直されたレトロな木造旅館が十五軒ほど現存する山間の風光明媚《ふうこうめいび》な小さな温泉街で、蔦乃屋はそこから少し奥まった山の中にある一軒宿だった。

元華族の別荘だった屋敷を買い上げて屋号を掲げており、庭園を含めて八千坪の敷地に全十二室の贅沢《ぜいたく》な造りで雑誌などに取り上げられることも多く、年間を通して稼働率もいい。

番頭と板長とパートの仲居さん数名以外は家族経営で切り盛りしており、柊一郎は子供の頃から「長男のお前がこの伝統ある蔦乃屋を継ぐんだぞ」と言い聞かされて育った。

旅館の仕事自体は嫌いではないし、いずれは家業を継ぐものだとなんの疑問もなく思ってきたが、ジューナと出会ってしまった今では事情が変わった。跡を継ぐとなれば、早晩若女《わかおか》将《み》をもらえと言われることは目に見えている。家庭争議を避けるためにもなるべくカムアウトはしたくなかったが、いつまでも独身のままでいることを家族が許すはずがない。

考えても詮無《せんな》いことだが、もしもジューナが女性だったら、とつい思ってしまう。金髪女将で有名な旅館は他《ほか》にもあるし、誰憚《はばか》ることなく一緒にいられるのに、と思わないではない。

別に女性でなくても、ジューナの持つ明るさやフレンドリーで物怖じせず人好きのする雰囲気は十分旅館業にふさわしい素質だと思うが、実際問題として家族に事実を打ち明けて理解が得られるとはとても思えなかったし、ジューナには他に目標があり一緒に旅館をやってくれないかなどと頼むことはできない。

柊一郎は小さく吐息を零《こぼ》して握ったジューナの手を自分の膝《ひざ》の上に引き寄せる。

「……ねえジューナ、俺さ、あと一年経ったら家に戻ることになってるけど……、やっぱりそれはできないって正月に実家帰った時にちゃんと言うよ。ジューナが留学を終えて帰る時、俺も一緒にアメリカに行く」

柊一郎が迷いを振り切って告げると、ジューナはライトブルーの瞳を大きく見開いた。

「……でも柊、そんなこと、できるの？　だってフランツが日本の旅館と歌舞伎《かぶき》俳優と政治家はたいてい世襲だって言ってたよ」

そんなことまでよく知ってるな、とまた感心しながら柊一郎は頷《うなず》く。

「うん、でもうちには弟もいるし。スムーズに話が進むとは思わないけど、仕方ない。親父《おやじ》たちには悪いけど、俺には家より、ジューナの方が大事だから」

「……柊……」

ジューナはなんと言ったらいいのかわからないという表情で胸を押さえてかぶりを振る。天使みたいな金色の髪がサラサラ揺れ、まるで髪の間から目に見えない妖精の粉でも撒《ま》かれているような眩《まぶ》しさに柊一郎は目を細める。

柊一郎はジューナの肩を引き寄せて柔らかな髪に口づけた。

「ジューナには、サイデンステッカーとかキーンみたいな日本文学の研究者になりたいっていう夢があるし、頑張って叶《かな》えてほしい。俺は別にジューナと一緒にいられるなら、どんな仕事に就こうがどこで暮らそうが、全然構わないから」

国籍の違う二人が一緒に生きていくためにはどちらかが生まれ育った土地や家族を手放さなければならず、柊一郎としてはなるべくジューナの方に捨てるものが少ない道を選ばせたかった。

ジューナは泣き出す寸前のような顔で唇を噛《か》みしめ、柊一郎の首にしがみつく。

「柊一郎、愛してる。そんなふうに言ってくれてすごく嬉しいよ。僕も柊とずっと一緒にいたい。……でも、僕のために跡継ぎをやめたりして家族をがっかりさせてほしくないんだ。せっかく由緒ある旅館に生まれたんだし、柊が跡継ぎになってもそばにいられるように何か方法を考えるから。旅館を一緒に手伝いたいけど、きっと皆びっくりしちゃうから、他に職を探してずっと日本で暮らせるように頑張るよ。きっとなんとかなるから、ね?」

問題は山積みに思えたが、たとえ竜巻で家が飛んでも「広いバスルームにしたいと思ってたからちょうどよかった」などと明るい言葉を口にする国で生まれた恋人の顔を見たら、本当になんとかなりそうな気がしてくる。

「……そうだねジューナ。なんとかなるようになんとかしよう。けど、今すぐ結論を出さなくてもまだ時間はある。ジューナがもう一年残れるかどうかはっきりしてからまた相談しようよ。ジューナが日本に残るか、俺がアメリカに行くか、何が一番いい方法か、ジューナが戻ったらじっくり話し合おう」

「わかった。頑張って親孝行してお許しもらってくるからね」

その時はまだ、対策を練る時間は十分にあると二人は思っていた。

だがジューナが帰国した二日後、柊一郎の部屋にかかってきた一本の電話で事態は一変してしまう。

＊＊＊＊＊

『愛するジューナ
メールを毎日ありがとう。なかなかパソコンを開ける暇がなくて、返事が遅くなってごめん。サラさんの結婚式の写真、すごく綺麗で幸せそうだった。やっぱり目とかジューナに似てるね。会場のリージェント・ビバリー・ウィルシャーが『プリティウーマン』のホテルだって聞いて、ジューナがリチャード・ギアみたいな人にピアノの上でちょっかい出されてたらどうしよう、なんて思わず妄想してちょっと動揺してしまった。

それからジューナがマジックマウンテンに友達と行った写真、びっくりして吹きました。カメラの性能のよさに感心したよ。俺のジューナの顔が……ここまで風圧で変形するのかと結構衝撃が大きかったけど。留学してた時にホストファミリーのウィンストンさん一家にＵＳＨ《ユニバーサルスタジオハリウッド》には連れてってもらったんだけど、マジックマウンテンには行かなかったんだよ。そんなに絶叫マシンだらけのテーマパークだと俺はちょっと吐くかもしれないけど、ジューナが次に行く時の写真には俺が隣に写っていたいです。

残りの休暇も是非楽しんで。

それから……、実は、楽しく過ごしているジューナに言い出し辛《づら》いんだけど、こちらではとても悲しい出来事がありました。

ジューナが帰ってすぐ、母と祖母が出先で交通事故に遭ってしまったのです。有名な女将の講演会を聞きに行った帰りに居眠り運転のトラックにはねられたんだ。連絡をもらって病院に駆けつけた時にはもう母の意識はなく、そのまま目覚めずに息を引き取りました。祖母は大怪我《おおけが》を負いましたが命は助かって、今も入院中です。

母はいつも元気で病気ひとつしない人だったので、まさか急にこんなことになるなんて予想もしてなくて、とてもショックでした。

知っての通りうちは家族で旅館をやっているので、因果な商売だと思うけど、ゆっくり母の死を悼む暇もありません。女将も大女将もいない状況でも予約客は途切れなくやってくるし、急なことで人を雇おうにもすぐには難しく、上司に事情を話して無理を聞いてもらい、しばらく有給扱いで実家を手伝うことになりました。

お客様の前ではへこんだ顔なんかしていられないし、父も弟も忙しくておちおち悲しんでもいられないみたいで、とりあえずみんな表面上は何事もなかったように働いています。

ジューナが帰ってくる頃までには、誰かちゃんと働いてくれる人が見つかればいいんだけど。今は女将代行として近所の旅館の娘さんが厚意で助っ人にきてくれています。

それではまた。面白い写真もいいけど、本物のジューナに会いたいよ。

ちょっと手があいて電話できそうかなって思うとそっちが夜中だったりするんだ。しょうがないから頭の中で、「『どぜう』がなんで『どじょう』なの？　ていうか『どじょう』って何!?」ってヒスる声とか、「『乳酸菌L．カゼイ・シロタ株』って、なんだか面白い言葉だよね」なんてわけわかんないこと言ってる声とかを思い出してちょっと癒《いや》されてる。

次に会う時までにまたいっぱい新ネタをためておいて。それを楽しみに待ってるから。

柊　』

＊＊＊＊＊

「それではお気をつけてお帰りください。またのお越しを心よりお待ちいたしております」

チェックアウトの済んだ宿泊客を最寄駅《もより》まで送り、改札へ入るのを見届けて車に戻ろうとした時、柊一郎の耳に馴じみのある声が飛び込んできた。

「Excuses me.じゃなくて、すみません、蔦乃屋という旅館へはどうやって行ったらいいか教えてもらえますか？」

一瞬新しいパターンの幻聴を勝手に脳内で作り出してしまったのかと自嘲《じちょう》気味に通り過ぎようとして、（…まさか）と振り返ると、ボストンバッグを抱えて駅員に尋ねているのはアメリカにいるはずの恋人にしか見えなかった。

「ああ蔦乃屋さんはね、バスかタクシーじゃないと結構遠いよ。……あら、ちょうどあそこに若さんがいるじゃないか」

駅員の指す方向を目で追ったジューナはロータリーに呆然《ぼうぜん》と立ち尽くしている柊一郎を見つけ、満面の笑顔で駆け寄ってくる。

「柊一郎！　すごい、なんでわかったの？」

「……えっ？　い、いや全然わかってないんだけど、ジューナ？　なんで？　どうしてここに……?」

「メールを見て、速攻で荷造りしてLA国際空港《LAX》に直行したの」

幻聴でも幻覚でもないことはなんとか理解できたものの、あまりにも驚きすぎて次の言葉が出てこない。メールを送ってから何十時間も経っておらず、電話より先に本人が目の前に現れるとは夢にも思っていなかった。

今は夏時間でマイナス十六時間の時差だから……と考えようとしても、動揺のあまりどこでもドアでも使ったのかと訊《き》きたくなってしまう。

「び、びっくりした、ジューナ……。ほんとに、すぐに来てくれたんだ……」

「うん。でも柊のことだから行くって言ったら来なくていいって言うかもしれないと思って連絡しなかったんだ。でもちゃんと迎えにきてくれるなんて、やっぱり以心伝心だね」

ジューナは会えた喜びでいっぱいの笑顔を静かにおさめて真顔になった。

「あの、柊一郎……お母さんのこと、お悔やみを……。柊一郎が悲しんでる時にどうしてもそばにいてあげたかったから、来ちゃった」

「ジューナ……」

気軽にちょっと行ってくる、という距離ではない。その距離をものともせず海を越えて駆けつけてくれた相手の気持ちに胸が詰まる。

今この場で抱きしめたい衝動をなんとか抑え、柊一郎はジューナの鞄《かばん》を受け取って送迎用バンの助手席に促した。二十分ほど緩い上り坂を走り、蔦乃屋へ続く私有地の竹林の中の一本道で車を停《と》めると、柊一郎は改めてジューナに向き直った。

「……ジューナ、わざわざこんなところまで来てもらっちゃって、ほんとにごめん。せっかく久しぶりに帰ったばっかりだったのに……。会いたいなんて、俺が泣き言みたいなメールしちゃったから……」

もちろん嬉しくないはずはないが、まだいろいろ予定もあっただろうし、こんなに早く戻ると言い出されて家族も驚いたに違いない、と柊一郎は申し訳なく思う。

ジューナは小さく首を振って柊一郎の頬を撫《な》でた。

「僕が勝手に来たかっただけだから、謝らないで。……もし僕も悲しいことがあったら、柊にそばにいてほしいって思うから」

そう言ってジューナは自分の唇を人差し指と中指の先で触れ、その指を柊一郎の唇にそっと当てた。

指先のぬくもりからジューナの優しさが伝わって、そんな小さな仕草だけでもひどく心が慰められる。

「……ジューナ、ありがとう……来てくれて、ほんとに嬉しいよ。ジューナの顔見たら、なんだかすごく、元気出てきた」

そう、ならよかった、出てくる時両親にぶーぶー言われたし、機内で十一時間半ほとんどしゃべりっぱなしのおじさんの隣になっちゃって全然眠れなかったし、東京駅でも軽く迷子になったりしたけど頑張って来た甲斐《かい》があったよ、と笑うジューナに柊一郎は指先越しのキ

スでは我慢できなくなる。

「…しゅ、…う、ん……」

離れていたのはたかだか十日やそこらで、日本にいても毎日会っていたわけでもなかったのに、唇に触れた瞬間どんなにこの感触に餓《う》えていたのか強く実感した。こんなに心を満たしてくれるものに触れずにいられたことが信じられない。

薬の切れた中毒患者みたいに相手の舌と唾液《だえき》を求めること以外何も考えられずに夢中で貪《むさぼ》っていると、応《こた》えてくれていた甘い唇から制止の声が洩《も》れた。

「……は……ちょ、柊、や……That's all for me《…もう終わり…》……」

胸を押されて渋々唇を解《ほど》くと、ジュ一ナは肩を喘《あえ》がせて首を振る。

「……ダメだよ柊……、これ以上こんなキスされたら、二十四の州法で禁止されてること、このまま今すぐしたくなっちゃう……」

別に日本では違法じゃない、とさらに行為を続行しようとして現在所在地を思い出し、柊一郎は嚙んで赤く濡《ぬ》れたジューナの唇を名残惜しげに指で辿《たど》った。

「……ごめん、こんなところで。……ねえジューナ、しばらくこっちにいられる？　せっかく来てくれたんだし、露天風呂つき離れに泊まってほしいけど、当分予約でいっぱいなんだ。悪いけど母屋《おもや》の方でもいいかな」

うんもちろん、世界一物価の高い国の高級旅館に夏休みじゅう泊まったらさすがにダッドに殺されちゃうよ、と屈託なく笑うジューナに柊一郎はちょっと笑って声を落とした。

「……ジューナ、もうひとつ悪いんだけど、親父たちにはジューナのことを友達って紹介しても、気を悪くしないでくれないかな。その、親父は古いタイプの人間だし、今は特に母親のことがあったばかりであんまり刺激したくないんだ」

ごめん、と詫《わ》びる柊一郎に、ジューナはOK, I know, don't worry about it.《大丈夫、わかってる、心配しないで》という表情で鷹揚《おうよう》に頷く。

「僕と柊はほんとにいい親友でいい恋人だから、半分は嘘《うそ》じゃないよ。……それに今すごく濃いキスもしたし、柊の家族の前ではちゃんと模範的な友達みたいに振舞うから安心して？　キスもハグも我慢するし、卵料理も作りたいって言わないから」

ウィンクして親指を立てて見せるジューナに苦笑して、柊一郎は玉砂利の敷きつめられた蔦乃屋の駐車スペースに車を停めた。

「わぁすごい……昭和っぽいね……！」

両脇《りょうわき》に銘入りの提灯《ちょうちん》の下がる玄関に向かって飛び石の上を進みながらジューナは歓声を上げる。古めかしさを的確に表現しているつもりのジューナに、正しくは大正なんだよと訂正しようか考えていると、弟の諄之介《じゅんのすけ》が竹箒《たけぼうき》を持って裏から現れた。

「柊兄ちゃん、遅いよ。いつまで送りに行ってるんだってお父さんが……あっ」

諄之介は柊一郎の陰にいたジューナに気づいて言葉を切る。

兄が駅前で外人旅行客でも捉《つか》まえてきたのかと思ったらしく、諄之介は高校生の弟の顔から従業員の顔になってペコリとジューナに会釈した。

「あぁ諄、この人は友達のジューナ。夏休みの間うちに泊まってもらうから。ジューナ、これが弟の諄之介」

言い終わらないうちに、ジューナは箒を持ったままの諄之介に駆け寄りぎゅっとハグした。

「可愛《かわい》い！　吉行淳之介《よしゆきじゅんのすけ》と同じ名前だね！　柊一郎は興福寺の阿修羅だけど、ジュンノスケは西大寺《さいだいじ》の美しい文殊菩薩《もんじゅぼさつ》みたい！」

「……えっ？　あの……」

諄之介は金髪の外国人にわけのわからないことを言われながら頭を抱え込まれて狼狽《うろた》える。

「……ジューナ、普通の高校生にそんなマニアックなこと言ってもわかんないから。諄、ジューナは昨日までアメリカに帰ってて、ちょっと日本の感覚が取り戻せてないいんだ」

さっきキスもハグもしないって言ったのは俺に対してだけなのか、と腑《ふ》に落《お》ちないものを感じながら柊一郎は弟と恋人を引き離す。

ジューナはカリフォルニア産らしいまばゆい笑顔を浮かべて改めて諄之介に右手を差し出した。

「いきなりびっくりさせてごめんね？　小さくてとても可愛かったから。僕はジューナ・アヴリーです。どうぞジューナと呼んでください」

はぁ…と上目で日本語ぺらぺらの美形外国人を見上げ、諄之介は差し出された右手を握る。

その時、「柊一郎、帰ったのか？」と父親の龍之介《りゅうのすけ》が手にした紙袋の中身を確かめながら母屋の方から出てきた。

「悪いが、あとでばあちゃんの着替えを届けに病院に……」

俯《うつむ》いて祖母の寝巻きやタオルの数を確認していた龍之介が顔を上げ、やっとジューナに気づいて足を止めた。

「あ、父さん、あの、この人はジューナ・アヴリーさんといって、俺の大事な友達なんだけど、しばらくうちに泊めたいんだ。迷惑はかけないからいいだろ？　……ジューナ、父の龍之介」

一瞬怪訝《けげん》そうな顔をしながらも客商売の性《さが》で龍之介が人当たりよく会釈すると、またもジューナは笑顔で駆け寄り両手で力強く握手した。

「なんて素敵な偶然なんでしょう、お父さんのお名前はリュウノスケなんですね！　僕が初めて原文で読んだ日本語の小説は芥川《あくたがわ》龍之介の『羅生門《らしょうもん》』だったんです。それにお父さんは僕が会話の勉強のために日本に来て初めてレンタルした『幸《しあわ》せの黄色《きいろ》いハンカチ』の高倉健《たかくらけん》にちょっと似ています。このふたつの偶然に何か運命的なものを感じるんですが、お父さんもそう思いませんか？」

「……………どうだろう」

流暢《りゅうちょう》かつ意味不明の力説に呆気《あっけ》に取られている龍之介に柊一郎は慌ててフォローする。

「ごめん父さん、ジューナは時差ぼけでハイになってるから、早く寝かした方がよさそう。とにかく、しばらく泊めるから二人ともよろしく」

畳みかけるように言い切って、柊一郎は龍之介の言質を取ることに成功する。

「ん…、まあお前が連れてきた子ならそれなりにちゃんとしてるんだろうし、泊めるのは構わんが、忙しいんだからお構いはできないぞ」

わかってる、と頷いてジューナの腕を取って隣接の自宅へ向かう。

誰に対しても初対面からフレンドリーなのはいいんだけど、親父に運命感じられても……と柊一郎がひっそり吐息を零す横で、ジューナは蔦乃屋の外観や青竹の林に見惚《みと》れている。

本館と渡り廊下で繋がっている自宅の玄関にまわって引戸を開けると、上がり框《かまち》で拭き掃除をしていた久坂麻衣子《くさかまいこ》がこちらに気づいて手を止めた。

「おかえり、柊ちゃん。今のうちにお昼食べちゃう？」

麻衣子は柊一郎の同級生で、女将代行をしてくれている久坂屋旅館月泉亭《げっせんてい》の次女だった。

麻衣子の父の久坂勝男《かつお》と龍之介が昔から親しくしており、今回の不幸で手薄になった蔦乃屋のために月泉亭の戦力でもある麻衣子が臨時に通ってきてくれている。

麻衣子はさばさばした性格で、教室通いと資格取得を趣味にしており、これまでに茶道華道の師範・利き酒師・調理師・賞状書士・ハーブコーディネーター・野菜ソムリエ・カラーセラピストなど数々の資格を持っている。今は宿泊客にサービスできるようにネイルアートの勉強中だという。

月泉亭は麻衣子の兄夫婦が継ぐため麻衣子が女将になることはないが、もしなるとしたら気風《きっぷ》がよく機転の利く会話で盛り上げてくれる元気系女将になりそうなタイプだった。

「麻衣子、こっちの家事までやってくれなくていいってば。諄と俺でなんとかやるから。麻衣子には旅館の方を手伝ってもらってるだけでもう充分、めちゃくちゃ助かってるし」

「うん、でもこんな時だし遠慮しないでよ。柊ちゃんには他にいっぱいやることあるでしょ。……ねえ、それより柊ちゃん、そちらは……？」

麻衣子は瞳に興味津々という色を浮かべてジューナに視線を移す。

（……この調子であと何人に紹介しなければならないのか）と柊一郎はげんなりしながら手短に要点のみを告げる。

「友達のジューナ。夏休みでしばらくいるけど、日本語普通にわかるから変なこと言うなよ。ジューナ、こっちは女将代行でいろいろ助けてもらってる久坂麻衣子さん」

またフレンドリーにハグでもしやしないかと隣を窺《うかが》うと、ジューナはなぜか考え込むように眉間《みけん》に皺《しわ》を寄せている。

「……あの、『柊ちゃん』という呼び方もちょっと気になるんですけど、それより着物とヘアスタイルとメイクはシンプルなのに、クサカさんは舞妓さんなんでしょうか？」

真顔で問うたジューナに麻衣子は目を見開き、笑いをこらえるように口元を震わせる。

「……いいえ、京都で舞妓コスプレはしたことありますけど……。私の名前を発音する時は『舞妓さん』じゃなくて、日本人がふざけてマイケル・ジャクソンて言う時みたいに『麻衣《マイ》子ー《コー》』と呼んでくれれば正しいアクセントになりますよ」

麻衣子の言語センスが気に入ったらしく、ジューナはアハハと楽しそうに笑った。

「麻衣子さんて面白い。僕はジューナ・アヴリーです。あなたは目がぱっちりしているので、ちょっと似ている仏像は思いつきません」

……仏像？　と首を傾《かし》げ、麻衣子は柊一郎の肩をぱしっと叩《たた》く。

「やだ、もう意味わかんないけど可愛いわ。ブラピやディカプリオより全然綺麗だし、どうしよう、金髪触りたい」

やめろ、とミーハーな幼馴染《おさななじ》みを目で窘《たしな》めていると、昼食を取りに龍之介が戻ってきた。

「麻衣子ちゃん、昼飯お願いしていいかい」

「はい、今すぐ用意しますね。ジューナくんも食べるわよね。何か食べられないものとかある？」

麻衣子に訊かれ、ジューナは実際にそれが目の前にあったらこんな顔をするだろう、という渋い表情になる。

「ごめんなさい、どうしても納豆の臭《にお》いが苦手で食べられません。あと漬物と梅干もちょっとダメで、尾頭つきの焼き魚と生ものとねばっとかぬるっとかするものは得意じゃないです」

日本贔屓《びいき》のわりにジューナは伝統的な和食がいまひとつ口に合わない。地元のヌーベルジャパニーズレストランで出されるアメリカナイズされた和食に慣れているので、初めて回転寿司に一緒に行った時「わあ、これが本場のスシトレイン！」と喜んで、フィラデルフィアロール（クリームチーズ巻）とスパイダーロール（ソフトシェルクラブ巻）を注文されて焦ったことがある。

遠慮なくはっきり自己主張するように育てられたアメリカ人らしく、きっぱり嫌いなものを羅列したジューナに、「じゃあ、いつもどんなものを食べているんだね」と龍之介が訊く。

「学食ではカッカレーとか親子丼《おやこどん》とかたらこスパゲティーをよく頼みます。日本の味って感じがするので。あと塩バターラーメンと焼き鳥とお好み焼きも日本の味がしてとってもおいしいと思います」

……やっぱり今度からデートの時本人のリクエストは無視して、もうちょっといい日本の味を食べさせてやろう……、と柊一郎はひそかに反省する。

麻衣子は手早く四人前のオムライスを作ると、庭掃除をしている諄之介と交代しに行った。

ジューナは畳の居間や卓袱台《ちゃぶだい》、藺草《いぐさ》の座布団、茶簞笥《ちゃだんす》や鴨居《かもい》の上の神棚、葭簾《よしず》の障子など取り囲むすべてのものに興味深げな視線を送り、「……ものすごくクール」と呟く。

「クール？　母屋はクーラーがないから暑くないか？」

不思議そうな顔をする龍之介に、いや涼しいとか寒いとかじゃなくてジューナは『かっこいい』っていう意味で言ってるんだ、と柊一郎がフォローする。

ジューナは龍之介に笑いかけ、縁側の方に顔を向けながら言った。

「暑いことは暑いですけど……、あんなふうに風が見えたり、風が聴こえたりするから、この家はすごくクールです」

ジューナに言われて庭に目を向けると、軒先にかかった簾《すだれ》が風でふうわりと揺らめき、竹林の笹《ささ》の葉がさわさわと鳴っているのに気づく。

「……風が見えるなんて、味な言い方をするじゃないか」

龍之介が片方の口角を小さく上げると、

「味な言い方？　時代劇で『小僧、味な真似《まね》をしやがるな』って聞いたことがあるけど、いい味出してるっていう意味ですか？」などと言ってジューナが龍之介の苦笑を誘う。

麻衣子と入れ替わりに諄之介が戻り、父親と外国人客がなんとなくうちとけている様子を見て、おや、という表情で席につく。手を揃《そろ》えて「いただきます」と礼儀正しく言うジューナに諄之介がスプーンを取りながら問いかけた。

「ねえ、ジューナさんって何人なの？　日本に長いの？　日本で何してるの？　柊兄ちゃんといつどこでどういう経緯で知り合ったの？」

言葉によるコミュニケーションを好むアメリカ人らしく、ジューナはぶしつけな諄之介の質問ににこやかに答える。

「僕はアメリカ人で、一年半前に日本の文学を勉強するために留学してきたんだ。柊一郎とは、たまたま旅行を申し込みに行ったら完璧《かんぺき》に理想的なプランを立ててくれてとっても親切だったから、おみやげを持ってお礼を言いに行ったの。それで友達に」

「ふうん、どんなおみやげ？」

途端にジューナはうっすら赤くなって、

「……その時はいいおみやげだと思ったんだけど……」と言葉を濁す。

諄之介は「なになに？」と柊一郎に追及の手を伸ばし、品物の名を聞くとあからさまに「なぜそれを？」という顔をした。

「アメリカ人の感覚ってわかんない。風呂敷も渋すぎるけど、あぶらとり紙って最悪にダサすぎない？　柊兄ちゃんの顔がそんなに気になるほどテカッてたの？」

失礼なことを言う諄之介にジューナは両手と首を一緒に振る。

「まさか！　日本製のあぶらとり紙は世界一品質がいいっていうことは聞いてたんだけど、どういう用途に使うのか知らなかったんだ。舞妓さんの絵が描いてある風流なメモパッドか何かかと思って……。別に柊の顔が脂ぎってたわけじゃないんだ」

そんなことは別につけ足さなくていい、と思いながら柊一郎は黙ってオムライスを食す。

諄之介はジューナのキャラクターに面白味を感じてきたらしく、あれこれと他愛もない質問を続ける。

「じゃあさ、日本人の歌手では誰が好き？」

「やっぱり松田聖子《まつだせいこ》かな」

「また意外なとこにくるね。あ、そうか、松田聖子ってアメリカ進出したことあるんだよね、そういえば」

「その当時は知らなかったんだけど、日本に来てファンになったの。『赤《あか》いスイートピー』とか歌えるよ」

留学生仲間に八十年代アイドルオタクのシンガポール人がいるらしく、昔の松田聖子のCDを借りてすっかり感銘を受けたジューナは今では数曲をマスターしている。

「けど、ほんとにびっくりするくらい日本語上手だね。日本語って外国人には難しいんじゃゃないの？　勉強楽しい？」

　ジューナは思い切りよく頷いた。

「とっても。難しいけど、こんなに奥深くて美しくて面白い言語はないと思う。三種類も文字表記があるのは日本語だけだし、擬音語や擬態語は英語の三倍くらいあるし。『どんぶらこ』みたいなのも楽しいし、『ひらひら』とか『ぷにゅぷにゅ』とか『たじたじ』とか『いちゃいちゃ』とか『ほかほか』とか『つるつる』とか、すごく意味と一致した音で、さすが虫の鳴き声を擬音化する国の言葉だなあと思う。俳句とか七五調のリズムもいいし、『花筏《はないかだ》』とか『雨催《あまもよ》い』とか『くゆらせる』とか素敵な言葉がいっぱいあるし、一生勉強していきたいと思ってるんだ」

　ほお、と感心する父と弟の向かいで、（よかった、素敵な言葉の中に『まぐわい』とか『乳繰り合う』が入らなくて）と柊一郎はほっと胸を撫で下ろす。

　先に食べ終えた龍之介が「ごちそうさん」と皿を片手に立ち上がるのを見て、ジューナが申し出た。

「あの、お父さん。僕にも何かお仕事を手伝わせてください。なんでもやります。ハタラカザルモノクウベカラズと言いますから。……ん、ちゃんと言えたかな。『ギョウムジョウカシツチシ』とか『ヒガシコクバルミヤザキケンチジ』も言いにくいんだけど」

　いや、めちゃくちゃちゃんと言えてるよ、お父さんがシュワルツェネッガーカリフォルニア州知事って言うより絶対上手、と感心する諄之介を龍之介が足先で軽く蹴《け》りながら流しに皿を置きに行く。

柊一郎は眉を寄せて首を振った。

「いいよ、何言ってるんだよ、ジューナ。そんなことさせるために来てもらったわけじゃない。ジューナは普段一生懸命…まあたまに変なこと調べたりもしてるけど、真面目《まじめ》に勉強してるんだし、せっかくの夏休みなんだからゆっくり休めばいい」

でもそれじゃ…と言いかけたジューナに、台所から戻って麦茶を三人に注《つ》ぎ足しながら龍之介も言った。

「あんたは柊一郎のお客さんなんだし、余計な気を回さんでいい」

まあ、もしよければ諄之介の英語の宿題でも見てやってくれ、と言うと龍之介は縁側に出て柊一郎を手招きした。

スプーンを置いて立ち上がり、柊一郎は玄関の方へ進む龍之介を追う。

「何、父さん」

振り向いて、龍之介はやや言いあぐねてから口を開いた。

「……お前、あの子の話だと、会社でなかなかいい仕事ぶりみたいじゃないか。わざわざ窓口にお礼を言いに来てくれるなんて」

それはジューナが感激しやすいタイプっていうのもあっただろうけどと思いながら、父親が本当は何を言わんとしているのだろうと柊一郎は続きを待つ。

「仕事楽しいのか」

「うんそりゃまあ。今は日帰りバスツアーの企画とかやらせてもらってるし……」

そうか、と頷いて龍之介は伏し目にしていた視線を上げた。

「五年は外で働く約束だったし、誰かいい従業員が来てくれたら残り一年どうしても会社に戻りたいというお前の希望を聞くつもりだったが、……やっぱり、もう正式に向こうを辞めてもらえないだろうか」

「えっ……」

息を呑《の》む柊一郎に龍之介は続ける。

「お前はもう充分外で社会経験をした。この数日間を見ただけでもお前の働きぶりはそつがないし、安心して見ていられる。……母さんの初七日が済んだばかりでなんだが、久坂屋の勝男さんに意向を確めてみたら、お前になら麻衣子ちゃんを嫁にやってもいいと言ってくれたんだ。麻衣子ちゃんさえ承知してくれれば、すぐにもお前たち若夫婦にこの蔦乃屋を……」

「ちょっ、ま、待ってくれ！　なに若夫婦って、俺の意見も訊かずに勝手にそんな」

まさか今このタイミングで切り出されるとは思わず、しかも具体的な話まで進んでいることに驚いて遮った柊一郎に龍之介はなおも言い募る。

「東京でつきあっている人でもいるのか？　いたとしても麻衣子ちゃんほど条件のいい嫁なんて他に考えられないじゃないか。美人だし明るいし、旅館のすべてがわかってる。お前たちは子供の頃からの幼馴染みで、言ってみれば許婚《いいなずけ》のようなものだし」

「はあ!?　許婚!?　やめてくれよ、とんでもないよ。麻衣子と結婚なんて」

ありえない、と言おうとしたその時、

「……Pardon?《…え?》 Syu and Maikosan…oh my God!《柊と麻衣子さんが…ええっ嘘！》 I don't believe it!《信じられない！》 Jesus fucking Christ!《なんてこと！》
Syu,what do you mean by that!?《柊、それどういうこと⁉》 That's awful!《ひどいよ！》 Your engagement is news to me!!《婚約してるなんて初めて聞いた‼》」

廊下に飛び出してきたジューナが完全に日本語の失語症に陥って叫んだ。

追いかけてきた諄之介もオーマイガッしかわからなかった龍之介も、青い瞳に見る間に涙を浮かべるジューナを見て驚く。

くそう、親父が突拍子もないこと言い出すから……と内心慌てふためきながら柊一郎は誤解しているジューナに弁解した。

「ジューナ、違うから。本当に婚約なんて絶対にしてない。親父が勝手に言ってるだけだ。
……Please don't cry,《…泣かないで、》 …don't look at me like that.《…そんな目で睨まないでくれよ。》 Trust me, I'm yours.《信じて、俺は君のものだ》」

最後は小声で告げると、かろうじて零れ落ちずに涙の雫《しずく》を湛《たた》えた瞳でジューナが確かめるように柊一郎の目を覗《のぞ》き込む。

ジューナの目元に恋人の言葉を信じる気になった証拠が浮かびそうになった時、龍之介が厳しい声で言った。

「勝手だと？　勝手はどっちだ。お前の方こそ何をぐずぐず言ってる。章代《あきよ》がいない今、家族皆で心をひとつにして蔦乃屋を守り立てていかなきゃいけない時に跡取りのお前がそんな頼りないことでどうする。…もう四の五の言わず、今すぐきっぱり退職して麻衣子ちゃんに土下座してでも嫁に来てくれるよう頼んでこい！」

龍之介の無茶な命令に柊一郎より先にジューナが反応した。

「No!《ダメ！》 I don't agree!《反対！》」

胸を突き合わせるような距離まで詰め寄るジューナに龍之介は一瞬たじろぎ、怪訝そうに眉を顰《ひそ》める。

「……なんであんたがノーって言うんだ。なんか文句があるなら日本語で……いやその前に別にあんたが泣いたり喚《わめ》いたり文句言うことじゃないだろうが」

不審げに問われ、「だってそれは……」と言いかけて唇を噛み、ジューナは柊一郎に視線を走らせる。言うな、と目で制した柊一郎にジューナは迷うように瞳を揺らし、キッと顎《あご》を上げて叫んだ。

「ごめん柊一郎、やっぱり緊急事態だから模範的な友人面はやめる！　お父さんっ、柊一郎は蔦乃屋を継いでも麻衣子さんとは結婚しません！　他の誰ともです！　どうしても若旦那には若女将が必要だって言うのなら、僕がなります！」

金髪青年の発した女将宣言に龍之介と諄之介は同時に顎を落とす。

「……は、……はあ!?」

柊一郎は天を仰《あお》いでなんとか収拾をつけられないか方策を探しかけ、瞬時に無理だと悟って腹を括《くく》った。

「……父さん、ごめん、今ので察しはついたかと思うけど、実は……、ジューナとは恋人としてつきあってるんだ」

こんな形で言うつもりではなかったが、遅かれ早かれ告げなくてはならないことだった。

龍之介は年齢の滲《にじ》むやや弛《たる》んだ下瞼《したまぶた》をひくつかせる。

「……何を言ってるんだ、お前。俺をからかう気か？　冗談だろう？　恋人ってお前、この外人は男じゃないか」

その単語にジューナが過敏に反応する。

「すみませんけどお父さん、外人なんて言わないでください。外人とか異人とかって日本人以外は人間扱いしてないような差別的で失礼な言葉だと思います。『外国人』とか『異邦人』ならまだいいけど、ちゃんと名前で呼んでください」

主義主張は細かいところまでゆるがせにしないジューナに龍之介が鼻白む。

「……あんた口うるさい子だな。別に人間扱いしてないわけじゃないが、昔から外人は外人て言うんだよ。……そうじゃなくて、あんたも一体なんのつもりだ。若女将になるだなんて、ふざけるのも大概にしなさい。若女将を若い狼と間違えてるんじゃないのか？　女将ってのは女の大将って書くんだ。男のあんたが何を馬鹿な……」

「それも差別です。ダンジョコヨウキカイキントウホウって法律があるでしょう？　…柊、今の合ってた？　とにかく僕は全然ふざけてないし、若い狼と間違えてなんかいないし、男でも女将になりたい人には等しくチャンスを与えてくれてもいいと思います」

「そんなもん与えられるか！　大体うちにたまにくるアメリカ人観光客なんか大抵騒々しくて行儀悪いし、ベッドがないとか刺身に熱したオリーブオイルかけろとか我儘《わがまま》放題だし、窓からオーブンレンジ大の蛾《が》が入ってきたとかとんでもない誇張はするし……」

「日本語にだって『目に入れても痛くないほど可愛い』とかめちゃくちゃ誇張表現あるじゃないですか！　そんなにアメリカ人を馬鹿にするけど、お父さん今までに一度もハリウッド映画見たりコーラ飲んだことないんですか？　ポテトチップは？　ハンバーガー以外にもガムもポップコーンもアイスクリームコーンもみんなアメリカで生まれたけど、実は嫌いじゃないでしょ？　ジーンズもマリリン・モンローも、絶対お父さんだって最低一度はアメリカのお世話になってるくせにっ……」

激しく論点がずれていく二人に、柊一郎は「ちょっと二人とも一回黙ってくれ！」と声を荒らげて制止した。論じ足りない不満げな二つの視線と、その場の空気についていけない弟の呆然とした視線を浴びながら、柊一郎は話題を立て直す。

「……とにかく、聞いてくれ。こんなふうに知らせるつもりじゃなかったけど、俺は本気でジューナのことが好きだ。この先もジューナと生きていくって決めてる。だから、悪いけど俺は蔦乃屋を継ぐことはできない。十代目は諄になってもらってくれ」

「え、そんな、柊兄ちゃん……」

急に振られて驚く諄之介に柊一郎は目顔で頷く。

「会社の方は退職するよ。諄が高校を出るまでは責任を持ってここで働くけど、その後は俺もアメリカに行ってジューナと暮らすから」

言い終わった瞬間、柊一郎は左頬に強い衝撃を感じた。

ジューナが「No! お父さん、なんてことを！」と叫ぶと龍之介が拳《こぶし》を震わせて喚いた。

「あんたにお父さんと呼ばれる筋合いはない！ ……柊一郎お前、ふざけやがって……、この親不孝の馬鹿息子が！ 章代《あきよ》が死んでて今初めてよかったと思ったよ！ こんな情けない話、とてもじゃないが母さんには聞かせられなかったからな！」

目をうっすら充血させて吐き捨てる父親を睨《にら》み、柊一郎は切れた唇を拳で押さえる。

「……期待に添えなくて申し訳ないとは思ってる。でも、ジューナを好きなことは情けないなんて思わない。わかってもらえるとは最初から思ってないし、こんな馬鹿息子の顔は見るのも嫌だろうから今すぐ出てくよ」

父親の強い非難の視線を受け、勘当される前にこっちから出て行ってやる、と背を向けかけた柊一郎の腕をジューナが摑《つか》んだ。

「柊、そんなのダメ。『売り言葉に買い言葉』の見本みたいだよ。このまま柊が出て行ったら皆とても困るし、柊だって後味悪いに決まってる。短気をおこさないで」

ジューナは宥《なだ》めるように柊一郎の腕を撫で下ろして手を取り、口元に引き寄せて軽くキスした。

「おい……」

見咎《みとが》めて唸《うな》る龍之介に、ふっと肩で息をついてからジューナは向き直った。

「お父さん…って言うと怒られるんだった。えっと龍之介さん、英語には『一期一会』にあてはまる言葉ってなくて、そのまま英訳するとOne life, one meetingになるんですが、僕にとって柊一郎は、ほんとにたった一度の人生で出会えたただ一人の最愛の人なんです。だから誰に反対されたとしても、絶対ひとときだけ関《かか》わって別れた素敵な思い出の人になんかしたくない。僕は本当に、日本に来たのは柊一郎に出会うためだったのかもしれないって思うくらい柊のことが好きで、それだけは麻衣子さんにも、他の誰にも絶対負けない自信があります。柊のそばにいるためならどんなことでもします。どうか僕にチャンスをください」

「……………」

ジューナの真摯《しんし》な言葉に蔦野家の三人は何も言えずに沈黙した。長男は胸を締めつけられ、次男はうっかり感動し、父親は混乱を極めて言葉が出なかった。

「……うん、確かに愛なら負けてないわね。私そこまで柊ちゃんに惚《ほ》れてないし」

その時、簾を片手で開けて濡れ縁から麻衣子が入ってきた。

「なんか騒いでる声があっちまで聞こえるから様子を見に来たらこんな修羅場になってるし。……まさか柊ちゃんが東京で男の恋人見つけてくるなんて予想外だったけど」

麻衣子はまっすぐジューナの前に立ち、苦笑を浮かべた。

「まあ私は偏見は少ない人間のつもりだけどね。でも私柊ちゃんのことはジューナくんより恋してないけど、結婚してもいいかな程度には嫌いじゃないのよ」

えっ！　とジューナと柊一郎が同時に驚くのを見て麻衣子はあっけらかんと笑う。

「ていうか、女将になりたいのよ、私は。月泉亭はもう無理だからどこかの跡取りの嫁になるしかないじゃない？　旅館の跡取りってうちの兄みたいなぐうたら亭主が多いけど、柊ちゃんは働き者だし、毎日見るのが辛いほどの不細工でもなくハンサムだし、まあ女将の座につけるなら嫁になってもいいかなって感じ？」

……神聖なる結婚なんて望める立場でもないが、お前のその究極に打算的な結婚観はなんだ、と柊一郎はくらりとする。

麻衣子は唖然としているジューナに視線を当てたまま言った。

「純粋な恋心で嫁になりたいわけじゃないけど、純粋に女将にはなりたいの。あなたも気合はありそうだけど、私の方が断然勝利に近いところにいると思うのよね。なんたって女だし。性差がフェアじゃなければ実力勝負になるけど、例えばジューナくん、活け花できる？　蔦乃屋は客室・玄関・廊下・大広間に二十箇所以上お花を飾るのよ。それに茶道の心得は？　お客様をお迎えしてお部屋にご案内したらまずお抹茶で一服していただくんだけど点《た》てられる？　夕食の懐石料理の説明はできる？　先付・八寸・椀物《わんもの》・御造・焼物・鉢物・強肴《しいざかな》・酢の物・後吸・御飯・香の物・水菓子の説明や正しい配置がわかる？　お品書きを筆で書ける？　蔦乃屋の温泉の泉質や効能、月詠温泉の歴史や近郊の観光地を訊かれたら答えられる？」

明るい口調で次々と口頭試問を始める麻衣子にジューナはぎゅっと拳を握りしめる。

「……それは、今の僕にはどれも、…できません。でも、今すぐは無理だけど、いっぱい勉強して練習してちゃんとできるように努力します。頑張ったら、麻衣子さんにも追いついて追い越せるかもしれません」

ジューナの宣誓に（そりゃちょっと無理だろう）と本人以外の全員が同じ意見を抱く。

「まあ目標は高い方がいいけどね。でも、それだけじゃないのよ。お茶やお花は習えばできることだけど、この純和風の老舗旅館にお客様は一泊三万円分の感動と癒しを買いにくるの。女将に求められる日本独特のきめ細やかな心配りが、アメリカから来た男の子のあなたにできるかしら」

まあ無理だな、と今度は声に出して龍之介が言い切り、ジューナは唇をきゅっと噛みしめて俯いた。

柊一郎はジューナの背中に励ますように手を添える。

「もうそのくらいにしとけよ。そんな無茶ばっかり並べて、いじめるなよ。まだ日本に来て二年にもならないジューナにこんなレトロな旅館のことなんかわかるわけないだろ。麻衣子がいきなりロマノフ王朝にタイムスリップして宮廷で粗相なく振舞えって言われたくらい無謀なことなんだぞ。大体俺はジューナに旅館の仕事をさせようなんて思ってない。文化の違うジューナには無理に決まってるし」

余計な苦労をさせたくなくて庇《かば》ったつもりの柊一郎をジューナはキッと睨んだ。

「……どうしてそんなこと決めつけるの？　やってみなくちゃわからないじゃないか。僕がちゃんと女将の仕事をやれるようにならなかったら、柊を麻衣子さんに取られちゃうんだよ？　それわかってるの？」

いったいいつそんなルールになったんだ、と眩暈《めまい》を覚えながら柊一郎が否定しようとした時、ぽんと手を打った麻衣子に先を越される。

「そうね、いいじゃない、それがフェアだわ。ねえ、龍おじさん、この際ジューナくんに女将修業してもらいましょうよ。今柊ちゃんを殴って追い出しちゃうのはまったく得策じゃないわ。猫の手だって借りたいところなんだし、きっとど素人《しろうと》のアメリカ人でも子猫一匹分くらいの役には立ちますよ。修業をさせて、どれだけ本気なのか見せてもらおうじゃない」

「…………」

青汁を飲んだ直後のような表情で黙り込む龍之介に麻衣子が急《せ》かす。

「ほら、長考している時間はありませんよ。本館は番頭さんと五十鈴《いすず》さんしか残ってないし、早く戻ってあげないと。チェックインの準備もあるし、とりあえずここはそういうことにしましょうよ」

ううう、とかうぐ、とか表記しにくい音を喉奥《のどおく》で鳴らし、龍之介は苦渋の表情で口を開いた。

「……仕方がない、ここは麻衣子ちゃんの顔を立てて、ひとまずお前たちのことは夏が終わるまでは保留にする。恋人云々《うんぬん》は聞かなかったことにするぞ。……この金髪は夏休みだけホームステイにきたアルバイトの留学生という扱いにするから、本気で話を聞いて欲しいならそれなりの覚悟を見せてみろ」

ちょっと待てよそんな、と言いかけた柊一郎より先にジューナが気合を込めて頷く。

「Yes《はいっ》, I'll do my best!《頑張ります！》」

英語はわからんから使うな、と言い捨てて本館に向かう龍之介を諄之介が追いかける。それに続こうとした麻衣子をジューナが呼び止めた。

「……あの、麻衣子さん、いろいろ取りはからってくれて、ありがとうございました。あなたは素晴らしいライバルです。でも、オムライスはすごくおいしかったけど、柊はコンゴ川のなんとか族じゃないし、いくら麻衣子さんが上手な卵料理を作っても柊とまぐわいはさせませんから」

……は？　と目を剝《む》いて麻衣子は首を傾げる。

「まったくなんの暗号かわかんないけど、多分意訳すれば『柊一郎は渡さない』ってことよね？　いいわよ、柊ちゃんはジューナくん派だけど龍おじさんは私派だから、ハンデなしで正々堂々と張り合おうね。柊ちゃん、ジューナくんがおじさんの指導に耐え切れずに泣いて帰っちゃったら私を女将にしてもらうからね」

おいこら待てそんなこと…と言いかける柊一郎を制して麻衣子がジューナに目を戻す。

「ジューナくん、とりあえず今日は来たばっかりで疲れてるだろうから、しっかり寝ておきなさい。明日の朝から勝負開始よ」

「わかりました。僕は絶対泣いて帰りませんから、どうぞよろしくお願いします」

とジューナは麻衣子に右手を差し出す。

固い握手を交わす二人に、

（だからなんでお前が仕切るんだ、なんでこっちも受けて立ってるんだ、なんで誰も俺の話を聞いてくれないんだ）

と柊一郎はズキズキ痛む左頬を押さえながら途方に暮れるしかなかった。

＊＊＊＊＊

「朝だ。起きろ」

手荒に頭をはたかれて、ジューナは深い眠りの底から無理やり引きずりあげられる。

「…Umm《う〜ん》…痛いよ柊…Do you have the time《…今何時…？》…?」

昨日は時差ぼけの上に壮絶に消耗する出来事があり、ジューナはあの後緊張の糸が途切れて柊一郎の部屋まで辿りつくと倒れ込むように眠り込んでしまった。

畳の上に敷かれた布団に寝るのは初めてで、普段ならあれこれ感想を述べたいところだったが、それどころではなく電池が切れたように朝まで一度も起きずに眠った。

今寝たばかりのような寝足りなさを覚えながら柊一郎に腕を伸ばそうとすると、再び邪険に頭をはたかれジューナははっきり目を開けた。

「Oh boy《うわ…》……お父さん……」

「寝とぼけとらんでさっさと起きろ。明日から一人で起きてこないと追い出すぞ。それに英語はわからんから使うなと昨日言っただろうが」

「は、はい……おはようございます、お父さん、じゃなかった、龍之介さん。……えっと師匠の方がいいのかな。それとも九代目ご主人とか……、なんて呼んだらいいですか？」

目を擦《こす》りながら聞いたジューナに龍之介はぶすっとした声で言う。

「……『なんとお呼びしたらよろしいでしょうか』と言え。お客様に敬語が使えないようでは困る。俺にはいつも正しい敬語を使うようにして訓練しろ。俺のことは『大旦那』か『大将』と呼べ」

「そうか、柊が『若旦那』だからお父さんは『大旦那』さんなんですね。『若旦那』の反対だから『老旦那』か『古旦那』かと思いました。…『大将』もどこかで聞いたことあるんですけど、うーんと、『餃子《ぎょうざ》の王将《おうしょう》』じゃなくて……あっ、『お山の大将』だ！」

単に知ってる言葉を口にしただけなのに相手の眉間の皺が深くなってしまい、ジューナはしまった、なんかマズいことを言ったみたい、と首を竦める。

「口の減らない金髪が……。早くこれに着替えて顔を洗え。『早食《はやぐい》・早糞《はやぐそ》・早支度《はやじたく》』は戦国武士から続く日本人のモットーなんだぞ」

勝手な断言を真に受けて、なるほど、武士道なのか、と思いながらジューナは抛《ほう》られた藍染の作務衣《さむえ》を手に取る。

「わぁ、忍者みたい……！」

「どこがだ。お前も大方日本に来るまでサムライとニンジャとゲイシャガールがうようよしてテンプラ食ってハラキリしてる国だと思ってたんだろう」

そんなこと思ってません、と苦笑してジューナはTシャツの上から作務衣を羽織る。

袷《あわせ》の紐《ひも》の結び方を教わって一応形になると、

「明日は身支度を調えた状態で五時に降りてこい。もう柊も諄もとっくに起きて仕事に入ってる。やる気がないならとっとと出て行ってくれ。その方がこっちも余計な時間を取られずに済む」と嫌味を言われる。

やる気はあります、と言い切り、フンと鼻を鳴らしてそのまま廊下に出る龍之介について行こうとすると、

「おい、布団を畳んでちゃんとしまえ」

振り向いて注意され、ベッドの経験しかないジューナはきょとんとする。

「どこにしまうんですか？　布団って畳んでしまうものなんですか？」

龍之介は先が思いやられる…という表情を隠さず、ぱしっと押入れを開けて顎をしゃくった。

「敷きっぱなしだと畳が湿るだろうが。…客室は十二部屋で大抵二名様だから最低二十四組、正月や還暦のお祝いなどご家族でみえる方が多ければ四十組近い布団を手早く敷いたり片づけたりせにゃならん。……ま、お前は当分お客様の目には触れない裏方仕事しかさせんがな」

確かに「カンレキ」の意味もよくわからない自分にはそう言われても当然だ、とジューナはこくりと頷いて、柊一郎が横に畳んでおいたものを見ながら布団を畳み、押入れにしまった。古く黒光りして夜に見たら呪《のろ》われそうな階段を下りて、洗面所で歯ブラシとタオルを渡

される。

「旅館の仕事はお客様にどれだけ心地《ここち》よさを提供できるかの一点にかかっている。環境の清潔さはもとより、従業員もさっぱりと見苦しくないように身だしなみにはいつも気をつけていないといかん」

「わかりました。…それなら大旦那さん、実はさっきからちょっと気になってて言いにくかったのですが、右側から一本鼻毛が……」

指をさして指摘したジューナに龍之介は真っ赤になって「うるさい、さっさと支度しろ！」と喚く。

……自分が見苦しくないようにって言ったのに……と思いながらジューナは急いで顔を洗って歯磨きをして髪を梳《と》かした。本当は朝のシャワーを浴びたかったが、今そう言ったら確実に追い出されそうな予感がするので諦《あきら》める。

洗面所を出ると龍之介の姿が見えず、廊下に仄《ほの》かにお香の香りが漂ってきた。

開いた襖《ふすま》の陰からこっそり覗《のぞ》くと、黒い扉のついた箱型の家具の前で龍之介が正座をして合掌《がっしょう》している。箱の中には小さな座布団の上に鉄製のフィンガーボウルのようなものがあり、小さな花瓶や湯呑みや和菓子や写真立てなどが置かれ、上には老人のモノクロの顔写真が飾られていた。

写真立ての中の美しい中年女性はどことなく諄之介に似ており、ジューナは（きっとこれは「仏壇」というもので、あの女性は柊一郎のお母さんに違いない）と察しをつけた。

昨日龍之介から「アキヨには聞かせられない」と怒鳴られたことを思い出し、ジューナは襖の陰から龍之介を真似て合掌する。

(アキヨさん、僕は男でアメリカ人ですが、柊一郎のことが本当に大好きなんです。安らかにお眠りください…、と言っても無理かもしれませんが、一生懸命頑張りますから、どうか僕たちのことを許してください)

廊下に正座をして目を閉じて一心に祈っていると、ゴンと頭を小突かれた。

「そんなところに座り込むな。……居間の神棚ならお前にも拝ませてやるから来い。伊勢神《いせじん》宮《ぐう》と月待神社《つきまちじんじゃ》の商売繁盛祈願のお札が祀《まつ》ってある」

商売が繁盛する奇岩の祭り？　と首をひねりながら昨日食事をした居間に行き、神棚の下で合掌しようとすると、隣で龍之介がパンパンと二度拍手《かしわで》を打った。

いろいろと作法が違うんだな、と隣を窺っていると、龍之介がチロリと横目で一瞥《いちべつ》する。

「お前はクリスチャンか知らんが、うちにいるならちゃんと毎朝神棚を拝め。内心『仏教と神道を一緒くたにして、クリスマスの一週間後に初詣《はつもうで》に行く節操のない民族』とか思ってるんだろうが」

またいいがかりをつけられ、ジューナは慌てて首を振る。

「そんなこと思ってません。日本人はいろんなものをうまく受け入れて融合させることが得意な国民で、柔軟性があると思ってます」

「別に媚《こ》びなくてもいい。俺には外人をうまく受け入れる柔軟性なんかないからな」

媚びてなんか……とジューナは小さく呟いて吐息を零し、自分に言い聞かせる。

(これくらいでへこむな。日本人のノーはイエスに変わる可能性のあるノーなんだ)

ジューナは龍之介に害意のないことを示すために微笑《ほほえ》んでみせる。

「確かに今は受け入れてもらえませんが、僕は柊一郎のお父さんなら、きっと見た目ほど頑固親父じゃないと思います。例えば大旦那さんは昨日冷房のことをクーラーっておっしゃいましたが、それだと英語圏では魚やビールを保冷するクーラーボックスを思い浮かべちゃうし、the coolerってtheがつくと刑務所のことになっちゃうけど、もう思いっきり冷房を指す日本語になってるでしょう。日本語はリストラとかセクハラとかヘルスメーターとか英語圏では通じない和製英語をどんどん取り入れていくおおらかさがあるし、きっと人間も取り入れてくれるって信じてます」

頑固親父だと…、と相手の下瞼がひくついているのを見て、ジューナは慌てて神棚に向き直って二度拍手を打つ。

(すみません、伊勢神宮とかいろんな神様、蔦乃屋の繁盛と、僕が大旦那さんを怒らせないようにお力をお貸しください)

ジューナが必死に拝んでいると、

「さあ二人とも、朝ご飯ですよ」

声に振り向くとお盆から卓袱台に純和食の朝食を置く麻衣子と目が合った。

こんな早朝からもう来てるんだ、と思いながらジューナは麻衣子に挨拶《あいさつ》する。

「おはようございます、麻衣子さん」

「おはようジューナくん。よく眠れた？　あら似合ってるじゃない。でもねえ、格好だけ一人前でもダメなのよ。女将はまかないも三食作れないと。柊ちゃんは料理上手だった章代女将の手料理で育ってるからね、毎朝お味噌汁の出汁《だし》を取る匂《にお》いと沢庵《たくあん》を刻む音で目覚めるのが本当は理想だと思うわよ。シリアルに牛乳ぶっかける手抜きの朝食じゃダメね」

早速先制攻撃をしかけられ、ジューナはグサッと傷つく。

（こ、これからだ。『ダシ』ってなんだか知らないけど、いっぱい練習してきっと柊にもお父さんにも『ジューナの作った味噌汁が飲みたい』って言わせてみせる！）

決意も新たに席につくと、湯気のたつ味噌汁の香りに混じって不快な腐敗臭が漂っているのに気づき、ジューナは悲鳴を上げる。

「ああっ、納豆が！　梅干も…焼き魚の目がこっち睨んでて小さい牙《きば》も不気味だし…何この薄茶色いぬめっとした物体は！」

昨日ダメだと言ったものだけで構成された朝食に、ジューナはほとんど涙目でデビルのようなライバルを見やる。

「それはやまいもをすりおろしたとろろよ。納豆と混ぜて生卵も入れると栄養価が上がるわ。ねばねばどろどろ度も急上昇するけど。お味噌汁の具はお豆腐となめこ。ちょっとぬるっとするけど大丈夫よ、おいしいから。ジューナくんはほんとにおいしい和食の味を知らないだけなのよ。いじめじゃないから騙《だま》されたと思って食べてみなさい」

いや絶対にいじめだ、食べ物から耐え切れずに追い出そうとしてるんだ…とジューナは唇を震わせ、恋人に助けを求めようとした。

「……あの、柊一郎と諄は……？」

「柊は風呂の準備と庭掃除に玄関掃除、諄は厨房《ちゅうぼう》で朝食の準備を手伝ってから飯になる。お前も食わず嫌いしとらんで早く食え。これを全部食わないともっと臭いくさやを食わせるぞ」

Damn it!《ウゲッ！》 Yikes!《ギョエッ！》 Rot!《最悪！》 Yuck!!《オエッ!!》 と心の中で絶叫しながらジューナは震える手で箸《はし》を掴む。

「ほう、一応まともに箸は使えるのか、外人のくせに」

「……赤ちゃん以外ほとんどのアメリカ人はお箸使えると思いますよ。日本料理店はなくても中華料理店ならどんな町にもありますから。日本人は日本人しか箸も使えず日本語もしゃべれないと思ってますけど、とんだ島国根性ですね」

へえ可愛い顔して負けてないじゃない、と頼もしそうに笑って麻衣子が本館の厨房に行くと告げ、ジューナは龍之介と差し向かいで残される。

…いただきます…と暗い声で呟き、唯一すんなり食べられそうな白米のご飯茶碗《はんぢゃわん》を手に取ってひとくち口に入れ、ジューナは驚きで目を瞠った。

「わぁおいしい！　ご飯がぷちぷち元気いっぱいって感じ。食堂のご飯と全然違います」

「当然だ。うちでは籾殻《もみがら》つきの玄米を食べる分だけその都度精米してるし、炊き方にもこだわっているからな」

なにやら意味はわからなかったが、龍之介の口調から手間暇かかっている様子が窺える。

「野菜は裏の菜園で採れたものだし、卵も地元の農家で作っているものだ。……まあ添加物どっさりの缶詰スープがおふくろの味とかいうアメリカ人にはわからんかもしれないが」

「そんなことありません。カリフォルニアにだってオーガニックを信奉している人はたくさんいるし、ボストンクラムチャウダーとかミシシッピマッドケーキとかアメリカにだっておいしいものはいっぱいあります。ただ何日も洗わない靴下みたいな臭いの食べ物を口に入れる神経がわからないだけで……」

「何を言うか、こっちこそアンチエイジングだかなんだか知らんが、若さと健康のために一日二百粒の錠剤が食事代わりとかいうアメリカ女をニュースで見て神経を疑ったぞ。それのどこが健康的なんだ。不老不死の機械とかいって何千万も払って死んでからも冷凍して生き延びたい人がいるらしいし、アメリカ人の若さと長寿への執着は異常じゃないのか」

「それは一部そういう傾向もありますけど、松田聖子だって僕とそう変わらない娘がいるなんてとても信じられないくらい驚異的な若さじゃないですか。多くのアメリカ人は若さと美しさと楽しさといい匂いを求めてるんです。納豆の臭いは求めてないんです。でも作ってもらったのでとりあえず残さず食べますから、いちいち喧嘩《けんか》売らないでください」

お前が売ってるんだろうが、と舌打ちして龍之介は納豆入りのとろろをどっぷりかけたご飯を派手な音を立ててずるるっと啜《すす》る。

うぎゃあ、鼻水啜ってるみたいな気持ち悪い音！　と鳥肌を立てながらジューナは納豆の小鉢を摑んだ。

（これも修業だ。そっちが武士道と大和魂で来るなら、こっちはアメリカンドリームとフロンティアスピリッツで勝負だ！）

ジューナは息を止めて納豆をかき込み、味噌汁で一気に流し込む。

「おい、そんなもったいない食い方をするな。ちゃんとゆっくり嚙んで味わって食え」

「だってさっき『早食・早糞・早支度』って言ったじゃないですか」

ったくああ言えばこう言いやがって…、それは大旦那の方でしょう、とぶつぶつ言い合いながら朝食を摂る。

なんとか完食したジューナに龍之介が言った。

「魚の骨は軒下の干物用のハンガーに干してこい」

「え、捨てないんですか？」

「乾かして粉にして味をつければカルシウムたっぷりのふりかけになるし、油で揚げて骨せんべいにしても食べられる。出汁を取った昆布も佃煮《つくだに》にしたり、うちではなるべくゴミを出さないように章代がいつも努力していたんだ。厨房で出る野菜くずをまかないに使うのは当然だし、どうしても出た生ゴミは腐葉土に混ぜて菜園の肥料にする。精米したときの糠《ぬか》は廊下や階段や手すりを磨く糠袋に使う。……どうせケチだと思ってるんだろう、お前。大量消費社会の国で育ってるんだからな」

感心していたのにまたも因縁をつけられ、ジューナは唇を尖らせる。

「素晴らしくエコロジカルで、僕も見習わなきゃと思って聞いていました。僕は『もったいない』とか日本古来の考え方に共感するところがたくさんあります。すぐに絡むのやめてもらえませんか」

並んで食後の歯磨きをしながら言い争う。

「お前がとろとろして口ばっかり達者だから時間を食って困る。俺は一旦旅館の方に戻るから、お前は皿を洗って洗濯して干しておけ。それから部屋の掃除もだ。それくらい一人でできるだろな、当然」

自宅では食洗機につっ込むだけだったし、洗濯物は乾燥機で乾かすのが基本だったが、やればできるだろうとジューナは頷く。

洗濯機の使い方を教わり、階段下の納戸を開けて箒とちりとりと雑巾《ぞうきん》のかけられたバケツとハタキを示される。

「これなんですか？」

ハタキを初めて見たジューナが手に取りながら龍之介に訊く。

長い棒状のものを見るとつい「May the Force be with you.《フォースと共にあれ》」とスターウォーズ風に振り回したくなるが、今そういう純アメリカ人的なことをしたら確実に修業中止だとジューナは自分に言い聞かせて思いとどまる。

「ハタキも知らんのか。埃《ほこり》をはたいて落とすものだ。ぽんぽんと軽くやるんだぞ。障子の桟もひとつひとつ上からな。ハタキの次は座敷箒で畳の目に沿ってきっちり掃いて……」

「ええっ、畳に目が!?　そんなものついてるんですか、畳って」

どこにそんな妖怪《ようかい》みたいなものが、とぎょっとして聞き返すと龍之介にギロリと睨まれる。

「わざとか、そのボケは。畳の縁が傷むから箒しかダメだ。藺草の編んである方向に沿って、という意味だ。掃除機を使うと畳の縁が傷むから箒しかダメだ。箒は知ってるだろうな？　そっち原産の鼻をピクピクさせる魔女が乗ってるやつだぞ。箒で畳の目に入り込んだ細かい埃を掃き出して、その後固く絞った雑巾で畳の上を力を入れて拭く。裸足《はだし》で立っても足の裏がざらつかないくらいにな。こっちが畳用でこれが廊下の水拭き用の雑巾だ。家の掃除がまともにできないようじゃとても旅館の掃除はさせられない。俺が戻ってくるまでにしっかりやっておけ」

わかりました、とジューナははりきって頷いた。

返事は一人前だったが、所詮坊ちゃん育ちのアメリカ人のやることである。はりきる気持ちと実力は一致しなかった。


しばらくして柊一郎が朝食を摂りに戻ってきた時、奥から何かの割れる音と、

「Arg!《ゲッ！》 Oops!《ヤバッ！》 Fucked again!《またやっちゃった！》」と再び日本語を失語している恋人の焦った声が聞こえた。

「ジューナ、どうした？　大丈夫？」

急いで居間に行くと、震度五弱の地震の後に子猫が一匹走り回ったような有様になっており、ハタキを横に咥《くわ》えてしゃがみこんだジューナが割れたガラスを拾おうとしている姿を目撃する。

「I…I'm so sorry.《ご…ごめんなさい。》 I'm all thumbs……《僕、不器用みたい…》」

泣きそうな顔で謝るジューナに柊一郎は「It's ok,《大丈夫、》 no biggy.《たいしたことじゃないよ》」と慰める。

額縁が落ちてガラスが散らばり、踏み台が転がり、柱時計がずれて振り子が止まり、障子に何箇所か穴が開き、一輪挿しが倒れ、卓袱台がひっくり返り、襖が一枚外れていた。

「……怪我はない？　ガラス危ないから触んなくていいよ。俺がやる」

柊一郎は箒でガラスの破片を集めて古新聞に包む。

「ごめんなさい、柊一郎……わざとじゃないんだけど……埃を取ろうと思っただけなのにどんどん壊れちゃうの。……どうしよう、大旦那さんに怒られる……」

青ざめるジューナの頭を柊一郎はぽんと撫でる。

「ハタキって先だけ使ってパタパタやればいいんだよ。ジューナは気合入りすぎて力が強かったんだと思う。ま、形あるものはいつか壊れるんだから、あんまり気にするな」

「ほ、ほんとに？　やっぱり柊って素晴らしい日本人だね。物を壊しても『諸行無常』とか『もののあはれ』とか滅びの美学で許してくれるなんて」

ようやくらしさが戻ったジューナに苦笑しながら柊一郎は時計や襖を元通りに直す。

「……ねえジューナ、親父が何言ったか知らないけど、こんなことしなくていい。俺はジューナに無理に旅館のことやってもらう気はないし、何があってもジューナ以外の誰とも書類上の結婚なんかしないから。変な勝負とか修業とかそんなこと気にしないでいいからさ」

庭に下りて脱水したまま皺を伸ばさず干された洗濯物をもう一度干し直しながら柊一郎が

振り向くと、ジューナも草履《ぞうり》を履《は》いてそばに来る。

柊一郎の真似をしてパンパンと皺を伸ばしながらジューナは言った。

「柊一郎……、僕は全然無理なんかしてないよ。失敗ばっかりで頼りないと思うけど、こんなふうに教えてもらえれば明日からはちゃんとできる。……僕、柊といつも一緒に同じ場所で働けるなんて、こんな素敵なことってないと思うんだ。もし柊がアメリカにきてくれたとしても、住むところも職場も一緒ってわけにはいかないよ。だからここで一生一緒に働けるように、頑張りたい。僕のことを心配してくれるのはわかるけど、やめろなんて言わないで、柊も協力して？」

でも…と柊一郎は迷いが振り切れずに即答することができない。自分のためにいらぬ苦労をかけ、進むべき進路を妨げてしまうようで心苦しい気がした。

返事に悩んでいると、ジューナが悪戯《いたずら》をひらめいたように笑って洗濯したシーツをぱふっと頭からかぶせてきた。こら、ハロウィンじゃないんだから、と言おうとすると、ジューナも入ってきて首に腕を回されキスされる。

「ねえ柊、勉強なら院に進まなくても本さえあればどこでだってできるんだよ？　本がなくてもさっきお父さんからいろいろ知らない言葉聞いたし。……えっと『カンレキ』とか『ダシ』とか『セイマイ』とか『モミガラ』とか『フヨウド』とか『ハヤグソ』とか」

「……最後のは覚えなくていい」

親父のやつ、余計な言葉教えるとすぐよそで使っちゃうから困るんだよ、と渋い顔をする柊一郎にジューナは「そうなの？　武士道なのに」と首を傾げる。

柊一郎はふっと苦笑してシーツをかぶったままジューナを抱きしめた。

「……俺さ、ジューナと出会えてほんとに幸せだよ。ジューナがそれでいいって思ってくれるなら、もうちょっと一緒に頑張ってみようか。けど、親父たちが無理言ったり、なんかあったら我慢しないですぐ俺に言って？」

「ありがとう、そうする」

もう一度キスしてシーツから出ると、柊一郎が手本を見せて掃除を一緒に済ませる。

障子の穴を桜の形に切った障子紙を貼《は》って誤魔化《ごまか》すと、

「わあこれ可愛い！　もっといっぱい穴開けちゃおうか」と喜ぶジューナに柊一郎は目顔で却下する。

この調子なら、多少失敗しようがへこたれずになんとかやってくれるかな、と一抹の不安は抱えながらも、とりあえずできる限りフォローしながら見守ろうと柊一郎は決めた。


「金髪、もうお前は一人で野放しにしておけないことがよくわかった。これからチェックアウトで慌ただしいから、厨房で食器洗いをしていろ。割らないように細心の注意を払うんだぞ。お前の国が建国されるより前に作られた古い器もあるんだからな。割ったら追い出すぞ」

なんて嫌味な言い方なんだ、どうせアメリカは蔦乃屋の創業より歴史が浅いよ、と思いながらジューナは龍之介の後について厨房の勝手口から中に入り、すのこの上で厨房用の履物に替える。

龍之介に自分の意見を率直に返すとやたら感情的にエスカレートすることはこれまでのやりとりでいい加減学習した。気に入って欲しいのにこれではいけないと思い直し、今後は日本人好みの謙虚で勤勉で不言実行を行動指針にしようと決意する。

「板長、この金髪は柊一郎の友人でうちにホームステイにきたアメリカ人だ。日本語はわかるから雑用をさせてもらえるとありがたい。本当にとんでもないぶきっちょで戦力どころか邪魔なだけだと思うが、よく見張っていてくれ」

龍之介の嫌味ったらしい紹介を内心むっとしながら聞き流し、ジューナは俎板《まないた》をたわしで擦っていた三十代半ばと思われる白い和食シェフのユニフォームを着た男に笑いかけた。

「初めまして、ジューナ・アヴリーです。『金髪』じゃなくてジューナと呼んでもらえると嬉しいです。多少不器用かもしれませんが、大旦那さんが言うほどじゃないと自分では思います。どうぞよろしくお願いします」

転職等の面接で「何もわかりませんが」「たいした仕事はできませんが」などと言ったら即不採用になる国で育ったため、どうしても謙虚になりきれずにジューナが握手を求めると、相手はたわしを動かす手を止めずに会釈した。

しまった、日本の職人さんは頑固親父が多いらしいから、この人も頑固若者なのかもしれない、とジューナは内心怯《ひる》みながら日本風にお辞儀を返す。

「……どうも、奥平《おくだいら》いいます」

低い声だったが、どこかの方言らしくイントネーションがものやわらかい気がした。もっと何か自己紹介してくれるかと待っていると相手はそれ以上言わずに口を閉じて作業に戻ってしまう。表情はさして動かないが、特に怒ったり拒絶されているような気配は感じられず、ジューナは不思議に思ったことを聞いてみた。

「あの、『オクダ』さんは『イラ』というお名前なんですか？　それとも『オクダイラ・イイマス』さんなんでしょうか？」

「………」

相手は一重瞼の切れ長の目をかすかに見開き、一文字の唇をわずかにもぞっと動かした。

龍之介はハァと聞こえよがしの溜息《ためいき》をつく。

「そんな変な名前があるか。苗字が奥平で名前は直音《なおと》さんだ」

……だって日本の苗字って三十万種類もあるから難しいんだよ…とジューナは心の中で言い訳する。

「板長、すまんな、この通り素《す》っ頓狂《とんきょう》なことしか言わない変な外人だが、遠慮なくこき使ってやってくれ。金髪、板長の言うことをよく聞いて邪魔だけはするな。ひとつでも割ったら承知せんからな。心して洗えよ」

わかりました、と神妙に頷いてジューナは無口な板長と二人で厨房に残される。ドキドキしながら洗い場に積まれた色とりどりの陶器や漆器を見て、思わずジューナは歓声を上げた。

「わぁすごい！　扇の形してる！　舟の器もあるし、なんだろこれ、あっ貝に絵が！　なんて綺麗なんだろう……。さすが日本料理は舌だけでなく目でも味わうってほんとなんですね、板長さん」

芸術的な数々の器にうっかり呑気《のんき》に同意を求めて振り向くと、奥平が無表情のまま近づいてくるのを見てジューナは身を強張《こわば》らせた。

割ったら殺す、と言いにきたのかと思わず手近のすりこぎを摑みながらジューナは悲壮な声を出す。

「ま、まだ割ってませんよ……、これから割る可能性が絶対ないとは言えませんが……」

母屋の掃除で自分はあまり手先が器用じゃないらしいと自覚させられたジューナは縮こまりながら奥平を見上げる。

「……漆の器なら割れしまへんから、ジューナはんにはそれだけおたのもうします。漆は洗剤使《つこ》たらあきまへん。お湯だけ使て、すぐに二度拭きしてくれはりますか。水気が残ったままやと漆が剝《は》げてまいます。……変に緊張せんでもええし、ひとつひとつ丁寧に扱っとくれやす」

「……は、はい」

『細雪《マキオカ・シスターズ》』のような言葉で言われた内容はおおよそしかわからなかったが、穏やかな言いまわしに（この人は無表情に見えるだけで本当はいい人だ）と直感してジューナは肩の力を緩める。

「あの、板長さん。板長さんの言葉はちょっとわかり辛いんですけど、とても響きが素敵です。柊一郎にも『ジューナはん』って呼んでもらいたくなりました」

相手の目尻《めじり》にかすかに笑ったような皺が浮かび、ジューナもニコッと笑い返す。

美しい塗りの器に見惚れながらジューナは慎重に洗い物の山に取り組んだ。陶器やガラスの危険な器は奥平が引き受けてくれ、なんとか無事使命を果たし終わった頃、チェックアウトのラッシュが済んだ龍之介が戻ってきた。

何も壊さなかったことを確認すると、今度は連泊客以外残っていない本館一階の廊下にあるトイレ掃除を命じられる。

「男女別に個室がある。床を掃いてから水拭きして、便器は重曹のスプレーをかけて、素手でスポンジを使って中も外もよく磨け。洗面台と鏡も綺麗に拭いて水の跡を残さず、ハンドソープが少なくなっていたら補充して、汚物入れとゴミ箱を空にして、予備のトイレットペーパーは和紙で包み直して三つピラミッドのように重ねる。最後にこの香炉でお香をひとつ焚《た》いて終わりだ。掃除道具は奥の棚に全部ある」

お香用にマッチを渡されて受け取りながら、

「は、はい。でも、えっと素手で……?」

そんな『エンガチョ』な……とジューナは呆然と聞き返す。

「当然だ。ゴム手袋をすると汚れの感覚が摑めないからな。アメリカじゃ便所掃除も機械でやるのか知らんが、うちではうちのやり方でやってもらう。嫌ならどうぞ帰ってくれ」

「…………」

厳しい表情の龍之介の後ろを華やかな花器を持った麻衣子が通りかかるのが見えた。

向こうは活け花で、こっちは便所掃除……と泣きそうな気持ちのジューナに、麻衣子が通り過ぎざまちらっと見て「Fight!」と声を出さずに口だけ動かした。

落ち着いて考えれば「頑張れ」と言っていると理解できたはずだが、その時ジューナはつい英語脳で和訳してしまい、（ひどい、どうして「殴っちまえ！」って言うの!?　大旦那と戦うようにけしかけて追い出そうとする作戦!?）と愕然《がくぜん》とする。

するとバタバタと走ってくる足音がして

「……父さん！　いい加減ジューナに無理言うのやめてくれよ。そんなにいびり出したいのか？　ジューナは気取ってないけどアメリカじゃいいとこのぼっちゃんなんだよ。トイレ掃除なんかさせたら弁護士のお父さんに訴訟おこされるかもしれないくらい溺愛《できあい》されてるんだ。こんなの俺がやるからジューナにはさせないでくれ」

駆け込んできた柊一郎が息を上げて龍之介に抗議する。

龍之介は厳しい表情を崩さず柊一郎を睨んだ。

「お前は余計な口を挟むな。金髪がおぼっちゃんだろうがそんなことは一切関係ない。便所掃除を嫌がるような奴は蔦乃屋にはいらん。お前はまだお客様のお送りがあるんだから早く行け。こんなところで油売ってる暇があるか」

だけど…、と言いかける柊一郎をジューナが首を振って止める。

「柊、僕は大丈夫。日本では昔からトイレを掃除すると綺麗な子が生まれるからって嫁にトイレ掃除をさせる文化があるってフランツが言ってたし、ちゃんと頑張るから柊も自分の仕事して？」

安心させるように明るく笑ってジューナは柊一郎の背を押してトイレから追い出す。

「……妙な雑学なんぞ持ち出したって、お前にはどんなに頑張っても産めんだろうが」と呆《あき》れ果てた声で呟き、厳しくトイレ掃除を監督しようとしていた龍之介が誰かに呼ばれて出て行った。

ジューナは一人トイレに残され、

（よし、柊一郎はさっきの母屋掃除を見てすっかり心配症になってるから、絶対便器にキスできるくらいぴかぴかにして、挽回《ばんかい》してやる！）と闘志を燃やす。

ジューナが便器の水の中に手を突っ込んでごしごしスポンジで磨いていると、

「……そんなことまで頑張れちゃうほど柊兄ちゃんのこと好きなんだ……」という声が背後から聞こえた。

振り向くと、リネンを抱えた諄之介が立っていた。咎め立てるような口調ではなく、淡々とした表情で見下ろしている。

ジューナは少し躊躇《ためら》ってから頷く。

「えっと、うん……ごめんね。諄は、嫌かもしれないけど……」

……嫌っていうか、なんか複雑……と諄之介は溜息をつく。

「柊兄ちゃんは、弟の俺が言うのもなんだけど昔からよくできた自慢の兄だったんだよ。十歳違いの俺のこともよく面倒みてくれたしさ。それがいきなり男の人とつきあってるなんて言い出すし、うち継がないでアメリカに行くなんて言うしさ。どうしちゃったんだよって感じ。おまけに相手も相手で妙に健気《けなげ》なことしてるし」

諄之介は抱えたリネンに顎の先を埋《うず》めるようにしてもう一度溜息をつく。

「……俺のビジョンではさ、柊兄ちゃんが旅館を継いで、俺は直さんに弟子入りして板さんになるか、和菓子職人か、整体師かなんかの資格を取って、一緒に旅館を手伝えたらって思ってたわけ。なのに急に俺が十代目になれなんて言われたって困るよ」

諄之介は三度目の溜息をついて、ジューナに問いかけた。

「……ジューナさんも、ほんとに本気なの。柊兄ちゃんにはね、ちょっとは儲《もう》かってるけど休みもろくにないこの古い旅館とうるさい親父がもれなくついてくるんだよ？　そんなめんどくさい相手だってわかってても柊兄ちゃんがいいわけ？」

便器に抱きつくような姿でしゃがんだまま、ジューナは今度は躊躇いなく頷いた。

「もちろん。僕は柊一郎のことが本気で大事だから、柊が大事に思っているものも全部大事にしたいんだ。だから蔦乃屋もお父さんも諄も大事。そういう気持ちをちゃんと伝えられるなら、トイレ掃除だってなんだって一生懸命やるつもり」

……お父さんに伝わるには、あと百五十年くらいかかりそうだけど……と思いながら答えると、諄之介は「ふうん……」と相槌《あいづち》を打ち、やや間を空けてから言った。

「……昨日さ、俺、ジューナさんがお父さんに臆面《おくめん》もなく柊兄ちゃんのことすごく好きだから女将になりたいって言った時、そんなのありえねえだろって思ってるのに、なんか、この人真剣なんだなぁなんて思っちゃってさ」

ほんとは柊兄ちゃんと麻衣ちゃんが結婚した方が旅館のためにはいいのかもしれないけど……と諄之介はまだ迷うように言葉を探しながら言った。

「前にお母さんが言ってたけど、おもてなしには定義とかマニュアルとかはなくて、多少たどたどしくても真心が伝わる接客ならお客様の心に訴えるって。……だからまあ、ジューナさんでももしかしたらなんとか大丈夫かもってちょっと思った。現に俺の心に訴えたしね」

「えっ……」

ジューナは驚いて目を瞠る。小生意気な言い方でエールを送ってくれたように聞こえたけれど、都合よく解釈しているだけかもしれない、とジューナは視線で問い返す。

諄之介はちょっと笑って頷いた。

「……だって俺は柊兄ちゃんにここにいて欲しいんだよ。けど昨日の様子じゃジューナさんが帰っちゃったら絶対柊兄ちゃん追いかけて行っちゃいそうだしさ。だからしょうがないから、ジューナさんに頑張ってもらうしかないじゃん」

けど、お父さんも麻衣ちゃんも手強いよ、しっかり修業してよね、と今度はわかりやすくエールを送られ、ジューナは泣き笑いのような表情で諄之介を見上げる。

「……ありがとう。諄はやっぱり文殊菩薩に見えるよ。諄のこと、今すぐハグしたいけど手がエンガチョなの。絶対頑張るからね。真心を込めて便器も磨くから」

…エンガチョ？　と吹き出しながら諄之介は洗濯物を出しに出て行った。

元来単純で励まされると伸びるタイプのジューナは『一拭入魂』という意気込みで便所掃除をした。

「That's perfect《完璧》……」

洗面台に置かれた小さな香炉から漂う控えめな香りを吸い込み、もう誰にも使わせたくないくらいの美トイレだ、と清々しい気持ちで自画自賛していると龍之介が戻ってきた。

「……何も壊さなかったようだな。まあ、これだけ時間をかければ子供にだってこの程度にはできて当然だ。いかに手早く綺麗にするかが大事だ。お香を焚いた後は忘れずに灰を片づけにくるんだぞ」

わかりました、というかわりにあやうく「くそじじい！　素直に誉《ほ》めろ！」と言いそうになり、ジューナは必死でこらえる。

……だめだめ、誉めてもらうためにやってるわけじゃない。日本人はシャイな民族で欧米人より誉め言葉を言わないし、昔から誉めると天狗《てんぐ》になるという迷信を信じてなかなか誉めないのだとフランツも言っていた。

親友のドイツ人の中途半端な雑学を鵜呑《うの》みにしてジューナは龍之介の仕打ちに理由をつける。

いいんだ、お父さんと麻衣子さんが敵でも僕には柊も諄も板長さんもついてる、と勝手に味方を増やしていると龍之介が振り返った。

「さて、昼飯にするか。……ちなみにお前は何か料理はできるのか？」

　母屋へ向かいながら龍之介に訊かれ、ジューナの語調が弱くなる。

「……えっと、ピーナツバターがあれば、一応一品は……」

「うちにそんなハイカラなものはない。麻衣子ちゃんならありあわせのもので手早く旨《うま》いものを作ってくれるがな。……お前も本当になんにもできないくせによくも図々しくうちの女将になりたいなどとほざけたもんだな」

　鼻でせせら笑われ、ジューナは前を歩く龍之介の背に向かってこっそり中指を立てる。

……だから僕の一番の目標は柊一郎のパートナーであって、旅館の女将は二番目の目標だし……と心の中でぶちぶち言いながら龍之介の後について居間に入る。

「お掃除ご苦労様。おなかすいたでしょ」

　麻衣子に労いの言葉をかけられて、

（やっぱり麻衣子さんは敵ながら思いやりがある。さっきお父さんを殴れって言ったのは僕の誤解だったんだ）とジューナは微笑みを返す。

「いっぱい食べてね。お昼ご飯は朝の残りのやまいもを使いきりたかったから、山菜なめことろろ蕎麦《そば》にしたの。ごめんね、ちょっと朝とかぶるんだけど」

「………」

　なみなみと盛られたとろろの上にてかっと輝くなめこと緑色の見知らぬ野草がトッピング

された丼《どんぶり》を眺め、ジューナは思わず（You bitch!《このアマ！》）と心の中で叫ぶ。

……いやいや、麻衣子さんだって忙しい中食事の支度をしてくれるんだし、本当は僕ができなくてはいけないはずだ。天ぷら蕎麦は好きだし、きっとこれも食べ慣れたらおいしく感じるようになる、と自分に言い聞かせてジューナはとろろ蕎麦にチャレンジする。

龍之介のように潔く啜れず、ちびちび蕎麦ととろろを口に運びながら完食すると、龍之介が待ち構えていたように立ち上がった。

「本来ならここでやっと少し休憩が取れる時間なんだが、無知な外人にうろうろされるのも心配だし、蔦乃屋の中を案内してやるから来い。客室はホテルみたいな味も素っ気もない部屋番号じゃなく一部屋ずつ名前がついているから、位置と名前を覚えろ。……『男女雇用機会均等法』がすらすら言えるくらい優秀な留学生ならすぐ覚えられるだろうからな」

いちいち嫌味なんだから、と思いつつ、ジューナは龍之介について玄関をくぐる。正面から中に入ったのは初めてで、ジューナは思わずうっとりと周囲を見回した。

広い玄関は飴色《あめいろ》に磨き込まれた木肌が輝き、欄間《らんま》は松の枝に鶴《つる》が羽を広げる透かし彫りが施されていた。西洋的な絢爛豪華《けんらんごうか》さはないが、棟梁《とうりよう》が細部まで丹精を込めて作り、年月をかけて手入れされていることはジューナにも充分理解できた。

「……素晴らしいですね。なんだか懐かしい気がします」

「初めて見るくせに何が懐かしい。あんまりちゃんちゃらおかしいことを言うな。思わず笑いそうになっちまっただろうが」

だってほんとになんとなく懐かしい気がしたんだもん……と心の中で言い返していると、左手の帳場にいた蔦乃屋の法被を着た中年の男を番頭のヤスユキさんだと紹介される。挨拶しようとすると予約の電話が入ってしまい、ジューナは軽く会釈して龍之介に引っ張られるように奥に進む。

「二階建ての本館が七室、渡り廊下で繋がった準離れが四室、戸建ての離れが一室だ。一階は『桐壺《きりつぼ》』『若紫《わかむらさき》』『玉蔓《たまかずら》』、二階は『浮舟《うきふね》』『夕霧《ゆうぎり》』『松風《まつかぜ》』『胡蝶《こちょう》』、準離れは『初音《はつね》』『蓬生《よもぎう》』『藤袴《ふじばかま》』『早蕨《さわらび》』、貴賓室が『橋姫《はしひめ》』だ。二階以外は各室露天風呂がついているが、大浴場と外に自然林露天風呂もあるから。自分で見取り図を描いて覚えろ」

早口で言われてジューナは頭がこんがらがりながら、「キリツボ」「ユウギリ」と聞き覚えのある単語を口の中で呟く。

「あ！　源氏物語《げんじものがたり》ですね」

ジューナが言うと、龍之介は意外そうな顔で振り向く。

「わかるのか」

ジューナはにこっと笑って頷いた。

「原文はまだ全然無理なんですけど、現代語訳と英訳版はアーサー・ウェイリーのとサイデンステッカーの両方を読みました。一度日本語の勉強が難しくて脱落しそうになったことがあるんですけど、源氏物語を読んでやっぱり頑張ろうって、いつか絶対日本に行くって思ったんです。……なんだかやっぱり運命かも。僕の思い出の本から蔦乃屋の部屋の名前がつけられてるなんて」

「たまたまだ。運命でもなんでもない。日本が世界に誇る名作だからそういう偶然もある」

素っ気なく断じる龍之介に首を竦め、ジューナは途中で掃除中の仲居の五十鈴、静江《しずえ》、琴《こと》乃《の》に紹介され、お客様のいない空き部屋をひとつひとつ覗かせてもらった。

「これがお迎えの準備が調った状態の客室だ。天井から畳まで隅々まで拭き清めて、入浴セットやお茶の準備を調え、前の宿泊客の気配を残さないようにチェックインの二時間前にお香を焚いて仄かな残り香だけにしておく。快適な室温に調整し、窓から庭園が絵のように見えるように曇りなくガラスを磨き、床の間には季節やその日のお客様に相応《ふさわ》しい軸をかけ、活け花と骨董《こっとう》を飾る。こういうことはすべて女将が采配《さいはい》できなくてはならん」

「え……」

……嘘、無理……とジューナは今頃自分の挑戦しようとしていることの無謀さに気づいて青ざめる。

どうしよう、掛け軸の水墨画が侘《わ》び寂《さ》びっぽいとかはなんとなくわかるけど、床の間に置いてあるやたら頭の長いおじいさんの木像になんの意味があるのかもわからないし、他の部屋に飾ってあった能面や扇や壺《つぼ》や石や大皿や木彫りの鷹《たか》がお客様に合ってるのかなんてまるっきりわからない。

初めてくじけそうになって黙り込んだジューナに龍之介が言った。

「どうした、口の減らないお前が静かになって。日本で育った普通の家のお嬢さんだって老舗旅館に来るのは大変なのに、お前なんか初めっから勝負にならんということがやっとわかったのか」

……この嫌味じじいは本当に優しい柊や諄の父親か、どん底までへこんだ相手にさらに追い討ちをかけるなんて武士道に反するのでは……、とジューナは唇を噛みしめる。

「……そうですね。本当に、僕は無知で全然勝負になりません、…『今は』。掛け軸も流麗そうだけど読めない漢字や墨だけで描かれた渋い山や川より美人画の方が好きだな、とか思ってしまうど素人だけど、アメリカ人でも美しいものは美しいってわかります。赤ん坊だって初めから歩ける子はいません。ちゃんとわかるようになりたいんです。お願いします、教えてください」

ジューナが深く頭を下げて目を上げると、龍之介はへの字に口を曲げたまま見下ろしていた。

「……まったく懲りん奴だ。今のお前にあれこれ知識を授けても無駄だ。素地がなさすぎる」

ぴしゃりと拒否されて、「そんな……」と泣きそうな顔になるジューナに龍之介は続けた。

「書画骨董を見慣れないお前に作者が誰でいつの時代のものだとかいきなり詰め込んでも頭でっかちになるだけだ。本当の目利きになるにはひたすら本物を見るしかない。まずはじっくり眺めてみることだ」

意訳すれば、見慣れてきたら教えてやると言っているのだろうか、とジューナは龍之介の目から真意を探ろうとする。

「活け花も麻衣子ちゃんが活けたものをよく見て技を盗め。どう活ければその花を一番美しく見せられるか、その花を見た方の心が和むようにと思いながら活けるんだ。むろんお前に客室の花など任せられんが、菜園に章代が育てていた花があるから、それでうち用に練習してみろ。ちゃんちゃらおかしい作品でも笑うためにちゃんと飾ってやる」

「………」

素敵なアドバイスをくれたかと思ったら、なんて可愛くない嫌味じじい、とジューナは思わず「…You asshole.《…くそじじい》」と口の中で呟く。

「ユアスホ？　なんだ、今なんか悪口言っただろう」

「い、言ってません。アドバイスに感謝します、と言いました」

ジューナが背中に指十字を隠しながら誤魔化すと、龍之介は疑わしそうに鼻を鳴らす。

「英語がわからんと思ってバカにして……」とぶつぶつ言いながら龍之介は四千坪の日本庭園にジューナを連れて行く。

ジューナはほぅ、と溜息を零して五百本の赤松や竹箒で美しく線を描かれた白砂や自然石、池に映る雲の風情に感激して呟いた。

「……絵ハガキみたい。毎日こんな心が豊かになるような景色を見られるなんて最高の贅沢ですね」

「呑気なことを。手入れは大変なんだぞ。毎朝塵《ちり》や池の落ち葉を拾って砂をならして、木が育ちすぎて景観のバランスが悪くなると植え替えもしなけりゃならん」

なるほど、やっぱりどこもかしこも手間暇かけて美しい空間を演出してるんだなぁ、とジューナは改めて感じ入る。

その後ジューナは森の中の露天風呂や、竹林を抜けて自宅裏の菜園まで敷地内をぐるりと案内された。

……柊は僕のことをおぼっちゃんなんて言うけど、自分の方がよっぽどすごいぼっちゃんじゃないか、と敷地の広大さや掛け軸だけで四百本所蔵されているという蔵を目の当たりにしてジューナがあんぐりしていると、柊一郎が探しにきた。

「父さん、朝からジューナを働かせっぱなしじゃないか。昼休みくらいちゃんと取らせてあげてくれよ」

「別に今は働かせてたわけじゃないぞ。いつ尻尾《しっぽ》巻いて逃げ帰るかわからんが一応案内してやってただけだ」

龍之介の嫌味攻撃に晒《さら》された後に柊一郎が庇ってくれる姿を見てジューナは思わずひし、と抱きついた。

「柊一郎、愛してる。今はほんとに案内してもらってただけなんだけど、僕ね、ここが大好きになったよ。柊は絶対こんな素敵なところを捨てちゃダメ。僕も大旦那さんがどんなにジャイアンみたいに意地悪言っても負けないから」

チュッチュッと柊一郎の両頬にキスするジューナに龍之介が目を剝いてわなわな震える。

「……親の前で堂々と……恋人云々は保留だと言っただろうが！　もうお前たちは一緒の部

屋で寝させん！　金髪は諄之介の部屋で寝ろ！　二人だけで布団部屋にも入るな！　蔵の中もダメだ！　時間外の露天もな！」

妙に具体的な禁足令にジューナはきょとんとし、柊一郎は薄赤くなって地声の大きい父親を窘《たしな》める。

「父さん、声でかい。お客さんや靖《やす》さんたちに聞こえちゃったらどうする気だよ」

「お前たちがこんなところでキッスなんぞするからだ！　柊一郎、お前本当にこんな慎みのない外人男がいいのか？　顔はいいかもしれんがすぐ口答えするし、思ったことはなんでも顔に出すし……」

「慎みがない⁉　ひどい！　ただほっぺたに軽くキスしただけなのに、別にお父さんの目の前でファックしたわけじゃ……！」

柊一郎は慌ててジューナの口を手で塞《ふさ》ぎながら龍之介に言った。

「父さん、ジューナは気持ちに正直なだけで、口答えって言っても意固地なわけじゃなくて納得できれば素直に聞けるんだ。はいはい口先だけ言って腹で何考えてるのかわからないよりはっきりしてていいと思ってもらえれば……」

不仲の舅《しゅうと》と嫁に挟まれた婿みたいな気分で仲裁してから、柊一郎はジューナの口から外した手を背中に添える。

「……父さん、俺……、ほんとにジューナじゃなきゃダメなんだよ。……ジューナの青い瞳で見る世界って俺が見てる世界となんか違うみたいで、俺が気づかないで見過ごすようなことでもジューナが見ると感動の種になって、俺まで一緒に何倍も感動できるんだ。……人にくつろぎや幸せな時間を提供しようとする人間は自分も幸せじゃなきゃいけないって母さんが言ってたよ。ジューナといて幸せな俺がジューナと一緒に十代目になるのは、どうしても認められないかな」

別にジューナが母のようになにもかもやれるようにならなくても、できる人がフォローすればいいのではないかと柊一郎は思う。仲居さんたちも華道茶道の心得はあるし、骨董類は父がいるし自分も諄も小さな頃から一流品を見せられてきた。祖母が退院して体調が戻ったら麻衣子を頼らなくてもよくなるし、ジューナにはジューナのよさを生かしたやり方で協力してもらうか、ただそばにいてくれるだけでも本当はまったく構わない。

龍之介は長く黙ってから、ぼそりと言った。

「……まだ返事はできん。金髪も今はやる気を見せているがいつまで保《も》つか知れたもんじゃないし、第一大女将や従業員にこんな恥さらしなことを知られるわけにはいかんだろうが。絶対に皆にバレるような真似はするな」

とにかくこの話は保留だと言ったはずだ、と取りつく島もなく龍之介は本館の方へ歩き去って行く。

悲しげに俯くジューナの肩を抱いて柊一郎は励ますように指に力を込める。

「……気にするな、ジューナ。ほんとに頑固親父で嫌な思いさせてごめん。……そうだジューナ、いいとこに連れてってあげるから、おいで」

柊一郎は裏庭から竹林を通って裏山にジューナを連れて行く。少し登るとぽっかりと小さく丸く開けた場所があり、山からの景色が見渡せる位置に小さな竹のベンチが置いてある。

「……ここは？　花は咲いてないから秘密の竹園？」

なんだそれ、と笑って柊一郎は先に座り、ジューナを同じ向きで膝に乗せる。

「夏はこの辺の竹切って笹を添えてお客さんに器にして出したりするんだよ。花器にしたりね。この椅子《いす》は余った竹で昔俺が作ったんだ。……ほら、向こう見てごらん、山と街の境目に小さく海が見えるだろ？」

指をさすと、「わぁ、ほんとだ」とジューナが身を乗り出す。

柊一郎はジューナを背中から抱きしめて肩に顎を乗せて一緒に下界を見下ろした。

「……夜はね、こぢんまりした夜景が見えるよ。昔から一人になりたくなるとここに来てたんだ。うちはお客さんも家族も従業員さんも絶対誰もいないってことはないからさ、たまに誰の声も聞きたくない気分の時とか避難してたんだ」

そうなんだ、じゃあ僕もお父さんにガミガミ言われて避難したくなったらここに来よう、とジューナはおどけた口調で言い、ややあってからぽつりと呟いた。

「……ねえ柊、お父さんの価値観と僕の価値観は違うってわかってるけど、『恥さらし』なんて言われちゃうと、やっぱりちょっとへこんじゃう……」

柊一郎は抱き込む腕に力を込め、頬をすり寄せる。

「……親父がなんて言おうと、ジューナと俺が恥なんて思ってなければいいだけのことだよ。

そんなこと思ってないだろ?」

ジューナは胸に交差した柊一郎の腕に触れながらこくんと頷く。

「それはもちろん……僕が柊を愛してて、柊も僕を大事に想ってくれる気持ちは全然恥ずかしくなんかない。誇らしいくらい。だけど……」

「だったら、何言われても聞き流そう。周りの言うことなんか気にしてもしょうがないよ。俺はジューナに愛してもらえて幸せなんだ。それだけで充分満ち足りてるから、別に誰にどう思われようが構わない。他人に祝福してもらわなくていいから邪魔しないで欲しいだけだ」

腕の中の温かい体温をもっと感じていたかったのに、ジューナはぱっと柊一郎の腕から抜け出して立ち上がった。

「そうだよね、へこんでる場合じゃないね。邪魔にされて追い出されないように早く使える女将になるから! これから料理と目利きと旅館の勉強のために『恵美子《えみこ》のおしゃべりクッキング』と『なんでも鑑定団《かんていだん》』と『いい旅《たび》☆夢気分《ゆめきぶん》』の再放送見たり、麻衣子さんの活け花を全部デジカメで撮って研究するから先行くね! 素敵な場所を教えてくれてありがとう!」

日本語日常会話も『サザエさん』と『ドラえもん』を繰り返し見て覚えた実績があるためか、よくわからない勉強法を編み出してジューナは柊一郎の頬にキスして来た道をタタタと駆け下りて行く。

置いていかれた柊一郎は一瞬ぽかんとし、苦笑しながら立ち上がる。

ガッツのある相棒に負けないように自分も頑張らなくては、と日に透けて輝くブロンドの後姿を眺めながら柊一郎は思った。

＊＊＊＊＊

「うちのお母さんは直さんと一緒で京都育ちだったから、俺たちには標準語使ってたけど旅館では京都弁だったよ。『蔦乃屋にようこそおこしやす。遠いところをお疲れさんどしたなぁ。蔦乃屋の女将の章代と申します』みたいな。いい味だから標準語に直さなくていいってお嫁にきた時おじいちゃんから言われたんだって」

「む、難しいよ……。普通に『ようこそ蔦乃屋へ！』じゃダメかなぁ」

厨房で胡麻《ごま》豆腐の大鍋を一時間かき回しながらジューナがぼやくと、「ダメだよ、陽気なアメリカンすぎるよ」と諄之介が突っ込み、鱧《はも》のゼリー寄せを作りながら聞いている奥平が微妙に口元を歪《ゆが》ませる。

「じゃあ、諄も『ようこそいらっしゃいました』って英語で言ってみて？」

「う……、えっと、ウェルカムトゥツタノヤ？」

「それじゃ陽気なアメリカンなんでしょ。『Thank you for coming.』とか『It's good to see you.』の方が丁寧かな。はい、復唱してみて」

諄之介の部屋に居候して二週間が過ぎ、ジューナは諄之介に旅館敬語を教わったり習字の特訓を受けたりするお礼に折々に英語を教えていた。

初日以来、ジューナは毎朝五時起きで麻衣子を手伝って朝昼晩のまかない作り、家族の洗濯と掃除、庭掃除、板場の雑用、菜園の水遣《みずや》り、駐車場の掃除、布団上げ、廊下の雑巾がけと糠磨き、トイレ掃除、昼食後は料理番組をチェック、諄之介に「……味のある字と言えなくもないけど……」と爆笑されながら習字の練習、麻衣子に「毎回足痺《しび》れさせてないで慣れなさいよ」と罵《ののし》られながら点茶の特訓、番頭さんから蔦乃屋を訪れた文人墨客や著名人の逸話、月詠温泉の歴史、庭の鑑賞法などのレクチャーを受け、夕食後の皿洗いと翌朝の仕込みを手伝ってから入浴すると、もう柊一郎が戻るまで起きて待っていたくても睡魔に勝つことはできなかった。

柊一郎が毎晩帳場でその日の総売上げの報告を受けて十二時過ぎに母屋に戻ってから、電気の消えた弟の部屋の襖を少し開け、諄之介と布団を並べて爆睡する恋人の寝顔を眺めて微笑を浮かべた後に小さく吐息を零していることなどジューナ本人はまったく知らなかった。

昼休みに柊一郎から声をかけられても「ごめん柊、今レシピをメモっちゃうからちょっと待ってて」などと待たせているうちにタイミング悪く麻衣子に活け花の練習に呼ばれたりしてなかなか思うように話す時間が取れないでいた。柊一郎と触れ合いたいのはやまやまだったが、覚えることは山程あったし、龍之介から従業員に知られるなと釘《くぎ》を刺されている以上仕方がないとジューナは自分に言い聞かせていた。

柊一郎もジューナに構いたくても暇なわけではなく、客室準備など全般に加え、お客様の送迎や設備のメンテナンス、在庫確認、現金出納帳や試算表の勉強、旅館のホームページ更新、合間に祖母の見舞い、夜は月詠温泉協同組合や月詠温泉旅館組合の会合に父の名代で出席させられたりとせわしないうえ、ジューナが常に誰かに指導を受けているので軽いキスどころか手も握れない有様だった。自分のために頑張ってくれているのにひそかにこんな不満を覚えているなどとは言い出せず、柊一郎はぱたぱたと走り回るジューナを目で追ったり、寝顔を眺めるくらいで我慢するしかなかった。

相変わらずジューナは龍之介にしじゅう叱《しか》られており、庭園の落ち葉を拾おうとして整えたばかりの白砂に足跡をつけて大目玉を食らったり、初めて自分一人で作って成功したキムチじゃこチャーハンを五回連続して作ったら「またこれか!」と文句を言われたりしていた。そのたびに本当は柊一郎に抱きついて慰めて欲しかったが、また見咎められて柊一郎まで嫌な思いをさせてはいけないと必死にこらえていたのである。

ある晩パートの静江が風邪《かぜ》で休み、夕食のお運びをしていた麻衣子が厨房の隅で食前酒用の江戸切子のカットグラスを磨いていたジューナに言った。

「ジューナくん、悪いけど、これを『若紫』の高橋《たかはし》様のお部屋に運んでくれない?」

麻衣子に掌くらいの空豆の形の器と黒漆の小匙《こさじ》を載せた丸盆を差し出されてジューナは困惑する。

いつもお客様の目につかないようにと龍之介から厳しく言われており、

「でも、僕が行ってもいいんでしょうか、大旦那さんが……」

躊躇うジューナに麻衣子はきっぱり言った。

「いいのよ、お願い。高橋様は赤ちゃん連れでいらしていて、これは持参の離乳食なの。今温めたから急いで持って行って欲しいの。私は『早蕨』にお酒運ばなきゃいけないし、板長も外してるし、誰も行けないのよ。大丈夫、一品だし、若いお母さんとそのお母さんと赤ちゃんだから、ジューナくんでも多分平気よ。頼んだわよ。急いでね。でも転ばないで」

は、はい、と頷いてジューナは心の準備もないまま初めてのお運びデビューをすることになった。

「失礼いたします」

二重の入り口の木戸を開けて、襖の前で正座をしてもう一度声をかける。

「お子様の離乳食をお持ちいたしました」

諄之介に接客時の作法などを聞いてはいたが、敬語にも自信がなくドキドキしながら襖を開けてお辞儀をして顔を上げると、浴衣《ゆかた》を着た中年の女性とつかまり立ちする女の赤ちゃんを支えていた若い女性が目をまんまるにしてこっちを見ていた。

その驚いた顔を見たらなんだか急に緊張が解け、ジューナはにっこりフレンドリーな笑顔を浮かべた。

「ジューナと申します。そんなに驚くほど珍しくないでしょう？　作務衣を着た日本語が上手な外国人って」

……いえ、すごく珍しいと思うわ……と中年の女性が驚きと興味を隠さずに呟いた。

「こちらの従業員さんなの？」

「ええと、修業中の身なんです。日本の文化に憧れて日本文学を勉強するためにアメリカから留学してきたんですけど、ここの跡取りさんに出会って恋をしてしまって」

まあロマンチックなのねぇ、老舗旅館の跡取り娘と金髪青年の恋なんて、と勝手に誤解してくれた母子《おやこ》がうっとりしながら喜ぶ。

じぃ、と見慣れない金髪を凝視していた赤ちゃんが無害と判定したのか活動を再開し、座卓に並べられた料理に手を出して下に払い落とそうとする。若い母親が慌てて押さえ、

「だめよ茉歩《まほ》ちゃん、お皿割ったらどうするの。ほら、マンマ持ってきてくれたから、こっち食べようね」

片腕で抱きかかえて自分の箸と子供のスプーンを交互に持ち替える母親の様子にジューナは躊躇いがちに申し出た。

「あの、もしマホちゃんが人見知りしなければ、僕が食べさせてあげてもよろしいでしょうか？」

えっ、と母親が顔を上げ、ジューナはにこっと笑って茉歩ちゃんにも笑いかけた。

「蔦乃屋のお料理は、京都や築地《つきじ》の一流の料亭で修業を積んだ板長さんが毎朝四時に起きて市場に行ってその日の一番いいネタを仕入れて、お客様一人ひとりのために真心を込めて作

ってるんです。仲居さんたちも一番おいしいタイミングでお料理を運んでいます。僕はお料理の説明はまだ難しくてできないんですけど、ゆっくり味わっていただきたいんです。マホちゃんを気にしながら慌ただしく召し上がるのではもったいないです」

ジューナは母親から手の届く位置で茉歩ちゃんを座らせ、「こっちでマンマ食べようね、目が青くても怖くないからね」とにこやかにスプーンを差し出す。食べ物に釣られて人見知りせず口を開けた茉歩ちゃんにジューナはほっと笑う。

「なんて可愛いんだろう、魔法みたいに可愛いからマホちゃんていうんですか？」

アメリカ人らしく衒《てら》いもなく誉めると母親と祖母が嬉しそうに照れ笑いを浮かべる。

離乳食が終わってもジューナは二人が食事を楽しめるように茉歩ちゃんを抱っこして遊ばせてあげ、日本語の勘違いによる失敗談や日本に来て不思議に思ったことなど聞かれるまま会話も弾み、最後には並んで写メに写るほど馴染んでしまった。

「ジューナさん、ありがとうございました。本当においしかったし楽しかったです。おかげでゆっくり味わえたし、こんな美形の外人さんに抱っこしてもらったツーショットなんて茉歩の一生の記念になります。旦那が出張中に贅沢しちゃって悪いかなあと思ったけど、来てよかったね、お母さん」

頬を紅潮させて感謝され、ジューナも満足感いっぱいの気分で『若紫』を退室した。

下膳《げぜん》にきた麻衣子と一緒に角盆を慎重に運びながら厨房に戻ると、仁王立ちの龍之介に睨まれてジューナの上々気分が急降下する。

「……お前に接客を許した覚えはないぞ」

ジューナが口を開くより先に麻衣子が言った。

「待っておじさん、私がお願いしたの。ジューナくんはなんの粗相もなく高橋様にとても喜ばれてました。もう裏方仕事もだいぶまともにやれるようになってきたし、ジューナくんにも少しずつ表方のことも……」

「いいから麻衣子ちゃんはもう上がってくれ。ご苦労様。明日もよろしく頼むよ」

麻衣子は龍之介にもう一度口を開きかけ、吐息を洩らすと包丁を研いでいた奥平に小さく目配せして出て行った。

珍しく失敗もなく無事に食事を楽しんでもらえたのだから怒られるいわれはないのでは、とジューナは主張したかったが、龍之介の形相が恐ろしすぎてとても口にすることはできない。

「……麻衣子ちゃんに頼まれようがお前にはまだ客室に出る資格なんぞない。今日はたまたま何事もなかったかもしれないが、右も左もわからないただ一生懸命なだけのど素人の接客など、高いお金を払ってお泊りくださるお客様に対して無礼なことなんだぞ。まだ猿真似に過ぎないお前の小さなひとことや心配りに欠けた所作が蔦乃屋全体に返ってくるという自覚もないくせにでしゃばった真似をするな！」

龍之介はジューナの言い分も聞かずに厳しく言い捨てて出て行った。

「………」

ジューナは呆然とその後ろ姿を目で追い、視線を足元に落として黙り込む。

あまりに理不尽な言われように悔しくて悲しくてじわりと視界がぼやけてきた。

誰も行ける人がいなくて頼まれたからしただけで、別にでしゃばったつもりなんてなかった。まだお客様の前に出られるようなレベルじゃないことはわかっているけど、ほんの他愛ない小さなことでも自分のしたことでお客様に喜んでもらえて本当に嬉しかったのに。

至らないとはいえ慣れない仕事を誠意を持って努力しているのに、少しでもできた部分を評価してくれるどころか猿真似に過ぎないと頭ごなしに否定され、ジューナは唇を嚙みしめて悔し涙が零れないように上を向いた。

何をしても無知な外国人と馬鹿にされて欠片《かけら》も認めてもらえない無力感にずっと泣かずにこらえてきたものがぽろっと雫になって零れ落ちた時、奥平が言った。

「……泣いたらあきまへん。若旦はんのことが本気で好きなんやったら、これくらいでへこたれて泣いたらあかん。おきばりやす」

「……えっ」

普段余計なおしゃべりをしない寡黙な板長から柊一郎とのことに触れられ、ジューナは驚いて一瞬涙が止まる。

「板長さん……僕たちのこと……？」

「事情は諄坊《ぼん》から聞いてます。まあ、いろんなお人がいてはるもんやし別に他人がとやこう言うことやないと思てます。……十一代目はどないなるのかまた難儀なことになるかもわからんけど、諄坊もいてはることやし、まあなんとかなりますやろ」

従業員に知られてはいけないとずっと手も握らず秘密にしていたのにあっさり諄之介がしゃべっていたとは…とジューナは呆気に取られたが、奥平からは蔑《さげす》むような様子は感じられなかった。

「……大将はジューナはんが若旦はんと恋仲やから早う追い出そう思ていけず言わはるのんと違います。蔦乃屋のもてなしにプロとしてのプライドを持ってはるから口やかましゅう言わはるんや。ほんまに見所のない奴やと見放してたら、もうなんも言うてもらえまへんえ」

そんなの違うと思う、見所があると思ってたらあんなふうに言わなくてもいいのに、やっぱり早く追い出したいから憎くて言ってるとしか思えないよ…、とジューナは奥平の言葉を聞き入れられずに涙を止められない。

「……ジューナはん、一生懸命でよう笑うんがジューナはんのええとこやおへんか。大将かてそれはちゃんと見てはります。けど、ジューナはんは旅館のことはまだほんまに半人前なんやから、悔しい思うても、お小言も愛の鞭《むち》やと思わなあきまへん。板前かて一人前に包丁持てるまでには何年もかかります。誰かて歯ぁ食いしばって一人前になるんやから、若旦はんのためにもそないにぽろぽろ泣かんと、きばってええ笑顔になっておくれやっしゃ」

無口な奥平がなんとか言葉を尽くして慰めようとしてくれる気持ちが胸に沁《し》みて、却ってジューナの瞳から新たな涙が溢《あふ》れてしまう。

……せやから泣いたらあかんて……と困ったように呟いて、奥平はジューナを調理台のそばに座らせて腰の手拭《てぬぐ》いで涙を拭いた。

「……もう今日は片づけはせんと帰ってええし、ええもんあげますからおあがりやす。そんでまた明日からきばっておくれやす」

奥平は「これは仲居さん用の虫養いやけど」とデザート用の冷蔵庫からルビーグレープフルーツの皮をそのまま器にしたゼリーを取り出した。

「カリフォルニア産やから、故郷の味を食べたら元気出ますやろ」

スプーンを添えて前に置かれ、ジューナは涙を擦ってちょっと笑った。

「おいしそうです。……『ムシヤシナイ』っていうゼリーなんですか？」

奥平は目尻に穏やかな皺を寄せて首を振る。

「そうのうて、お運びしてる時におなかの虫が鳴るとあかんから小腹を満足させておくためのおやつなんやけど、今日は静江さんがきいひんかったし、ひとつ余ってましたんや」

わあ、じゃあ遠慮なくいただきます、静江さんごめんなさい、とミントの葉の乗った濃いオレンジ色のゼリーにスプーンをさした時、「あっいいな」と諄之介が下膳の盆を持って入ってきた。

「ダメだよ、諄にはあげない。おしゃべりだから」

なんで？　ジューナさんの方がよくしゃべるじゃん、と横からスプーンを突っ込んでくる諄之介とふざけ合いながら手製の美味なゼリーを食べ、ジューナはパワーを取り戻す。

日課通り後片づけを済ませ、朝食の仕込みも手伝ってからジューナは厨房の出口で奥平を見上げて礼を言った。

「板長さん、いろいろ励ましてくれてありがとうございました。すごく気持ちが救われました。あのゼリーも、ほんとに食べ物で心が癒されて元気が出るなんて感激しました。…また明日も頑張ります。板場で泣いたりしてごめんなさい」

大事おへん、という奥平の京ことばが心地よく耳に届く。以前は無表情にしか見えなかったのに今では目尻の皺にちゃんと優しさが感じ取れ、慰めてくれた感謝の気持ちを込めてジューナは奥平にきゅっとハグして頬に音だけのエアキスをした。

おやすみなさい、と言おうとして、「あ……」という諄之介の声に振り向くと、温泉組合青年部の会合から帰ってきたばかりの柊一郎が立っていた。

「あ、柊、おかえりなさい。今日の集まりは早く終わったみたいだね」

旅館の中で姿を見かけてもお互いに別の仕事の最中でアイコンタクトもままならず、顔を見て話せたのは久しぶりだと微笑んだジューナを一瞥して柊一郎は奥平に視線を移す。

柊一郎は厨房にジューナの様子を見にきてさきほどの光景を目撃し、埒《らち》もないとわかっているのに不快感を隠し切れなかった。

ジューナにも奥平にも、何より一番自分自身に対して何をやってたんだと問い質《ただ》したくなる。

ジューナの目元を見たら泣いたのだろうと一目でわかった。奥平に礼を言っているのが聞こえたから、泣くような何かがあり、その場にいたのが自分じゃなくジューナを慰めて励ま

したのが奥平だったらしいことが無性に腹立たしくておさまらない。

「……若旦はん、堪忍しとくれやす。今のはほんまにジューナはんの挨拶みたいなもんでなんの意味もあらしまへんし、こんなんいつもしとるわけやないですから」

先に奥平から謝られて関係を知られていることに気づいたが、古参の板長にくだらない嫉《しっ》妬心《としん》を露骨に晒している自分が情けなくてカッと顔が熱くなる。ジューナを信じているし、浮気だとかそんな心配はまったくしていないのに感謝のキスすら苛立《いらだ》つような自分の狭量さにさらに腹が立つ。

柊一郎は自分でも感じ悪いと思いながらも奥平に素っ気なく会釈すると踵《きびす》を返して母屋に向かった。

「柊、待って、どうしたの、急に」

驚いて追いかけてくる声を無視して自宅の前まで来たところで、追いついたジューナに腕を取られてようやく柊一郎は振り向いた。

何があったのかまず聞いて慰めるなり励ますなりすべきだと思うのに、柊一郎の口から出たのはまったく別の言葉になってしまった。

「……あのさジューナ、ここは日本なんだから、誰にでもすぐべたべたくっつくのやめろよ」

え……？　と驚いて聞き返したジューナに柊一郎はイライラを地面にぶつけて玉砂利《たまじゃり》を爪《つま》先《さき》で蹴る。

「そんな作務衣着て日本語上手にしゃべれるからってジューナは所詮アメリカ人なんだから、

こんな老舗旅館の仕事なんて無理なんだよ。最初から俺はジューナに修業なんてやってもらう気なかった。気が合えば従業員にもお客さんにもすぐハグしてキスするようじゃ蔦乃屋の雰囲気に合わないよ。頑張ってくれても向き不向きがあるんだ。ジューナには向いてないんじゃないかな。泣いて直さんにすがるほど辛いんだったら、もう修業なんてしなくていいよ」

ジューナが頼りたかった時にいられなかった自分への苛立ちをすべて相手に向けてしまい、柊一郎は心にもない言葉を重ね続けた。

ジューナが好きだからたとえ挨拶でもいい気持ちがしないのだと素直に告げるべきだったのに、父親と同じように全否定するような言葉を浴びせてしまう。

そんな柊一郎にジューナは信じられないというように目を瞠ってかぶりを振った。

「柊……、それ本気で言ってるの……?」

柊一郎は少し黙ってから「ああ」と頷く。

自分でも愚かだとわかっているのに、ジューナを誰にも見せずに閉じ込めておきたいような気分だった。本当は慣れないことをひたむきに頑張ってくれるジューナがいじらしいし心強いし感謝もしている。古い伝統をそのまま受け継がなくてもアメリカのいい部分も取り入れてより親しみやすい旅館にしていけたらと思う気持ちを伝えずに、柊一郎はずっと燻《くすぶ》っていた不満をぶちまけるように逆撫でることばかり並べてしまった。

せっかく奥平の励ましで和んだ気持ちを恋人のひどい言葉で傷つけられ、ジューナは再びぼろっと大粒の涙を零しながら叫んだ。

「誰のために頑張ってると思ってるの!?　向いてないなんてわざわざ言われなくても自分が一番わかってるよ！　柊一郎のバカ！　大っキライ！　タコ！　イカ！　ハモ！　ドジョウ！　スケベじじい！　I'm pissed off!《もう怒った！》　I thought you were on my side!《柊は僕の味方だと思ってたのに！》　You bastard!《くそ野郎！》　Fuck yourself!《もう勝手にすればいい！》　You prick!《嫌な奴！》　You turd face!《くそったれ！》　Fuck you!!《くたばれ!!》」

怒りのあまり日本語の罵倒語《ばとうご》が思いつかずにお家芸のスラングで喚き散らし、柊一郎の顔を思いきりひっぱたいてジューナは裏庭に駆けて行く。

ざあぁっと風で大きく揺れた竹林から顔を背け、父親に次いでまた本気の右手で張られた左頰を押さえながら柊一郎は意地になって家に戻ろうとした。その時、

「……今のは絶対柊兄ちゃんが悪いと思う」

背後からきっぱり言われて柊一郎は弟に愚かなやりとりを聞かれてしまったことを悟って溜息をつく。

お前に言われなくても自覚してるよ、と心の中で言い返しながら柊一郎はのろのろと振り返った。

「柊兄ちゃん、かっこ悪すぎ。勝手に怒り出してめちゃくちゃ言っちゃって、ジューナさんが可哀相《かわいそう》だよ。あんなに兄ちゃんのことが好きで一生懸命頑張ってくれてるのに」

それもわかってるし、ずっとお前は兄ちゃん子だったのにそんな呆れ果てた目で見るな、と柊一郎は目を逸《そ》らす。

「馬鹿みたい。柊兄ちゃんが悪いくせに意地張っちゃってさ。早く探して謝りなよ」

ぐずぐずしている柊一郎を諄之介が非難を込めて睨みつける。

「このまま家に入っちゃうなら俺ジューナさんに兄ちゃんなんか捨てて直さんにしときなって勧めるからね。つーか、もうあんなひどいこと言うような奴のことなんかとっくに愛想尽かしちゃったかもよ。俺なら速攻嫌いになって別れるね。兄ちゃん意外にスケべじじいみたいだし」

うるさい、お前の部屋に引っ越されてからまったくスケべじじいになる機会なんかなかった、と心の中で妙な抗議をしながら柊一郎は舌打ちして駆け出す。

「ジューナ！　どこだよ！　俺が悪かったから！」

夜間照明で幻想的な佇《たたず》まいを見せている庭園や建家のそばでは大声で呼ぶこともできず、八千坪の敷地内を目視で探しまわり、暗いから行かないだろうと後まわしにした裏山を月光を頼りに探しながら叫ぶ。

例の切り通しのそばまで近づくと、しゃくり上げて小さく洟《はな》を啜る気配がした。

一番泣かせたくない相手を自分で傷つけて泣かせたことを激しく悔やみながら急ぐと、青竹の間から月明かりに照らされた金色の髪が目に入り、思わず月から来た姫を見つけた翁《おきな》のような気分になる。

「ジューナ……ごめん。悪かった、あんな思ってもいないこと言って」

竹のベンチで膝を抱えて泣いていたジューナは顔を伏せたまま硬い声で言った。

「Bullshit.《嘘言わないで。》 No excuses.《言い訳はいらない。》」

かたくなな声で拒絶され、柊一郎はジューナの前に膝をついて心から詫びた。

「Juna ,my dear,《愛するジューナ、》 I'm really sorry I was childish.《俺が子供じみててほんとに悪かった。》 I deeply regret what I did.《すごく後悔してる。》 Please forgive me.《許してくれ。》」

そっと両腕に触れると、一瞬触らないで、というように身じろぎをしたものの、ジューナはそれ以上は拒否しなかった。そのまま優しく撫でていると、ジューナの身体から徐々に強張りが解けてくる。

「ごめんよ、ほんとにジューナを傷つけたいなんて全然思ってないのに、馬鹿だった。反省してる」

ジューナは少しだけ顔を上げて下睫《したまつげ》に涙を纏《まと》わせたまま柊一郎を見た。

「……柊、どうしてあんなこと言ったの……？　修業やめろなんて、やっぱり僕より麻衣子さんと結婚した方がいいって思っちゃったの……？　柊にだけはお前には無理だなんて言われたくなかった。今日お父さんにひどいこと言われただけでも悲しかったのに、柊にまでアメリカ人はダメだなんて言われて……」

悲しげに吐息を震わせて涙を零すジューナに柊一郎は慌てて手を握りしめて詫びる。

「違うんだ、ごめん、アメリカ人だからどうこうなんて全然思ってない。ジューナは全然悪くないんだ。ただ俺が、ジューナが俺ともしてないのに直さんにキスしてたのとか、ジューナが親父に泣かされた時に庇ってやれなくて直さんに慰めてもらったのとか、ジューナに辛い修業させて申し訳ないとか、同じ場所にいるのに全然すれ違ってることとか、とにかくもういろいろぶわーってたまってて、それであんなこと言っちゃったんだ。ほんとに自分でも呆れてる。ごめん、俺が馬鹿でガキだった」

　ジューナはもう少し顔を上げて柊一郎の手に自分の手を重ね、小さく溜息をついた。

「……ほんとに呆れちゃうよ。なんて柊一郎って馬鹿でタコでハモなの。どうして最初から『自分が慰めたかったんだ、他の人にキスする前に自分にして欲しかったんだ』って正直に言えないの？　『修業頑張ってくれて嬉しく思ってる、苦労させてごめん、心の底から愛してるよ』ってそれだけ聞かせてくれればいくらでも頑張れるのに、余計なことばっかり言って、日本の男ってほんとに言葉のセンス悪すぎるよ」

　すべて真実ではあるが、つい鱧は高級魚だから悪口にしたいなら鯵《あじ》か鰯《いわし》じゃないのかとまた余計なことを言いそうになり、再度喧嘩が勃発《ぼっぱつ》する危険性を考慮して口を噤《つぐ》む。

　……ちょっとほんとに反省してるの？　と疑わしげに眉を寄せられ、すごく反省したってば、と手の甲に口づけると、ジューナは少し考えてから言った。

「……じゃあ、その証拠になんか僕の気分がすごくよくなるようなこと言って？　そうしたら許してあげる」

　ジューナの気分をすごくよくするには相当照れ臭いことを言わなければならず、まだ英語の方がマシかもしれない、と柊一郎は相手の国の言葉で愛を告げた。

「You're so special to me.《俺にとって君はとても大切な人だ》」

「……そう。それで？」

「You're the most beautiful guy I've ever seen.《君より綺麗な人は見たことない》」

「……ありがと。続けて」

「I'm crazy about you.《君に夢中だ。》 You're my only sunshine.《君は僕の太陽だ》」

「……ふうん。ちょっと月並み」

「You're the only one for me in this whole world.《世界で一番愛してる。》 You know I'd die for you.《君が死ぬほど好きだ》」

「……ん、ちょっとぐっときた。次は？」

「All I need is you.《必要なのは君だけだ。》 You mean a lot to me.《君がとても大事なんだ。》 I could be strong if you're always with me.《君がそばにいてくれれば俺はいつも強くなれる。》 I can't go on without you.《君なしでは生きていけない》……ねえ、まだいい気分になってこない？」

英語でも十分恥ずかしいと思いながら相手の目を窺うと、それまでにこにこと聞いていたジューナが真顔でゆるくかぶりを振る。

まだ足りないのかと続けようとした時、ジューナは柊一郎の唇を人差し指でそっと閉じて囁いた。

「……What should I do,《…どうしよう…、》 I'm getting hot《したい気分になっちゃった…》……」

柊一郎は軽く目を開いて囁き返す。

「……Here?《ここで？》 You've so bold.《大胆だな》」

……嫌なの？　と上目で誘われたら、外だとか用意がないとか断る理由が一瞬のうちに脳内から消え失せた。

わずかに空いた間を躊躇いと解釈したジューナは柊一郎の頬を両手で包み、今度はやり手弁護士の息子らしく詭弁《きべん》で誘ってきた。

「だって柊、考えてみて？　お父さんがまぐわい禁止って言ったのは布団部屋と蔵の中と露天風呂と柊の部屋だけでしょ？　別に秘密の竹園は禁止されてないんだから、自主的に禁欲することないと思わない……？」

「No objection.《異議なし》」と即説得されて、柊一郎は嚙みつくようなキスで奥床しい大和撫子《やまとなでしこ》より率直なアメリカンビューティーの方が好みだということを伝える。

「……ん、んっ……ふ……」

舌を激しく絡ませながらジューナを自分の膝の上に跨《また》がらせ、服の上から両の親指で胸を探る。

ビクッと膝の上で感度よく身体が跳ね、はずみで軽く舌を嚙まれた。嚙み返しながら裾《すそ》から手を差し入れ、直に触れるとすぐに可愛く尖ってくる。

「あ…ん…っ」

乳首の愛撫《あいぶ》に弱いジューナは指先で軽く弄《いじ》っただけでビクビク震えてぎゅっと両肩を摑んでくる。逸《はや》る手つきで紐を解いてTシャツを捲《まく》り上げ、つんと尖ったピンクの粒に吸いつくと、「は……」と満足げな吐息が聞こえた。

尖りの周りを舌先で擽《くすぐ》ると、もっとというように頭を抱え込まれる。舌の腹で押し潰し、ちゅうっと強く吸って歯を立てると「……はぁ、ん、柊、……気持ちいい……」とジューナは首を仰《の》け反《ぞ》らせた。

普段から正直なジューナは最中も感想や絶賛を惜しみなく口走ってくれるので、自分がかなりのテクニシャンになったような気分にさせてくれるから嬉しい。

唾液でびしょ濡れになるまで舌を絡め、もう片方も舐《な》めようとして唇を離すとジューナは小さく悲鳴を上げた。

「……どうしたの？　やめないよ、こっちも吸わせて欲しいだけ……」

まだ反対側に移って欲しくなかったのかと濡れた実を指でひねるように摘《つま》むと、ジューナは快感を隠さずに途切れがちに打ち明けた。

「ち、違うの……柊が、舐めてくれたところが、濡れてて、風がすぅって通ったから…、なんかすごく、キュンてしたの……」

……こっちもして……と自分の白い指先で尖りをはじくのを見せつけられ、吸い寄せられるようにもうひとつの粒を食む。

気持ちよさげにうっとりと髪をまさぐられ、柊一郎も喉を鳴らして小さな乳首を吸い舐《ねぶ》る。

「ぁん……柊……いっ……い、けど……」

他のところも触って欲しいと身体で訴えるように、ジューナは膝の上でうずうずと腰を蠢《うごめ》かせる。腹に当たる感触でジューナが胸の愛撫だけでひどく感じていることはわかったが、さっきスケベじじいと喚かれた挙句に弟に聞かれたことの腹いせに少しいじめることにする。

「……ふ……ぅんっ……あ、……柊……？」

欲しいところになかなか触れずにソフトに腿《もも》を撫でたり首筋を甘噛みしたり遠まわしに焦《じ》

らすばかりの柊一郎に痺れを切らしてジューナは髪を引っ張って抗議した。

「そういうじっくりしたのは今度にして！」

今は雅《みやび》に『契りを結ぶ』ような気分じゃないの、ワイルドにファックしたいの！　と喚いてジューナは柊一郎を突き飛ばし、ベルトを外しにかかった。

「ジューナ？　…You give head?《口でしてくれるの？》」

「Yeah,《そう、》 wow《うわ、》 dynamite《すっごい…》…so yummy《超おいしそう…》…drooly《よだれが出ちゃう…》……」

綺麗な外来種の猫みたいに光る瞳で挑発的に舌なめずりをしてみせるジューナに、握られた柊一郎の分身がどくんと素直に成長する。

「んんっ、んっ……あふ……うん……っ」

月の光でまばゆく輝く髪が揺れる下ではジューナの濡れた唇と舌が柊一郎を大胆に擦り立てている。

ジューナは口を使う愛撫が嫌いではないらしく、以前ピロートークをしていたら上顎の奥を指さして「柊一郎の硬いのでここを擦られるとすごく感じちゃうし、しゃぶりながら柊の変な声聞くの好きなの」とあまり好ましくないことを言っていた。

変な声にならないように努めながら柊一郎は深く頬張るジューナのうなじをさする。

「……すごく、いいよ……ねえジューナ……、そのまま、お尻こっちに向けて、上乗って……？」

口に含んだまま目を上げられ、視覚的に軽く達《い》きかける。

「早く……下脱いで、俺にも、ジューナの可愛いの、舐めさせて……」

スケベじじいと言われてもしょうがないことを言っている自覚はあったが、ジューナにも変な声を上げさせたくてたまらない。

「……ん、いいけど……お風呂入ってないから、後ろは舐めないでね……？　今日は一緒に口で達こうね？」

最初はこういう率直な物言いに面食らったものだが、意思表示がはっきりしているので何が好きでどうしたいのかがよくわかってやりやすい。ちらっと周囲を窺いながらぱっと思いきりよく下を脱いで跨ってくるあけっぴろげさもすっかり好みになってしまった。

作務衣をずらして白い尻を露《あら》わにするとジューナはまた夜風にふるりと身を震わせる。

滑らかな尻に頬ずりしてべろりと舌を這《は》わせながら舐め下ろし、大きく開いた脚の下で雫を垂らすジューナを飲み込む。

「んぁ…ん、柊……きもちい……、I love it《すごくいい…》……もっとして……」

唇に力を込めて舌を添わせて上下させると、柊一郎の怒張を摑んで唇を押し当てたままジューナも小さく腰を振り始める。

「ん、ん、柊…いい、…あんっ、んぅんっ」

ジューナは震える手で握りしめる柊一郎の先端を含み、括《くび》れを唇で挟み上げてじゅぽっと卑猥《ひわい》な音を立てたり横咥えに噛み下ろしたりして煽《あお》り立てる。

このまま一緒に口で達くつもりだったが、顔の上で腰をくねらせる脚の奥が気になって、柊一郎は張りつめたジューナから唇を外して尻のスリットに顔を寄せた。

「ちょっ、ダメ、柊……そこ、汚いからっ……」

焦って制止しながらも予感にぴくんと息づく場所に強引に舌を這わせる。

「あぁんっ…柊、ダメなのにっ……あっ、や、つつかないでっ…感じちゃ…、ぅんっ……」

もう外なんかで始めてしまったんだし、たまには獣の交尾みたいなのもいいだろ、と逃げかける腰を押さえ込み、震えるそこをたっぷりと舐め濡らして指をつぷんと潜り込ませる。

「God…!《ああっ…!》 …ど、して柊、ダメって……はぁっ、あぁっ、やぁぁっ…ん…」

抜き差しを始めてしまえばもうジューナは柊一郎の屹立《きつりつ》にすがって翻弄《ほんろう》されるままになってしまう。

飲み込ませた指を増やし、楽器を爪弾くように相手の声が一番可愛くなる場所を執拗《しつよう》に刺激すると、ジューナは啜り泣きながらひどくそそる言葉で懇願してきた。

「柊、しゅ…、あぁ、も、ねが…このおっきくて、硬くて、素敵なのを……screw me……《…ねじこんで…》」

ちょっと下品なスラングでねだられ、柊一郎はジューナを抱き起こして立ち上がる。

土の上だと膝や肘《ひじ》が痛いからと、がくがくと力の入らない身体を支えて竹に摑まらせ、立位でバックから挿入する。

「んっ、あぁぁ…んっ……！」

酩酊感《めいていかん》を誘う声と久しぶりに味わう狭さと熱さに思わず吐息が零れる。

ゆっくり押し込み、少し引き、また押し入れてジューナが他の誰にも教えたことのない深

い場所を目指す。

「あぁ嘘、…きもちい……来て、もっと……その長いので…もっと埋めて……っ……」

可愛く淫《みだ》らな声を上げ、ジューナは内奥でも柊一郎を歓待してきつく押し包む。

切っ先で狭い体内を舐めるように擦り上げて奥まで埋め込むとジューナは竹林に響くような悲鳴を上げ、自分で驚いたようにはっとして作務衣の肩口を噛んで声をこらえようとする。

「……いいからジューナ……俺しか聞いてないから、いつもみたいに、可愛い声でいろいろ言って……？」

基本はあけっぴろげのくせに意外なところでふいに恥らうような仕草を見せるからツボを突かれてたまらない。

小さくかぶりを振って袖を噛みしめたまま睫を震わせる横顔に煽られて、ジューナの一番弱い場所を抉《えぐ》るようにめちゃくちゃに揺さぶると、ジューナはこらえきれずによだれを零しながら袖を離して聞いていているだけで達きそうな声をたっぷり上げてくれた。

「……気持ちいい……？　ジューナ……」

「…う、うんっ…最高にいい、あぁ柊……っ、すご、おっき、のが……奥まで…ガンガン来るのっ……」

絶賛に応えるためにさらに激しく打ちつけるとジューナも腰を前後に振り立てる。

二人分の揺さぶりを受け止める竹の葉擦れの音と、動くたびに繋がった部分から洩れるいやらしい水音が二人を一層熱くする。

「あぁ、……柊のが…熱くて…、とけちゃ……おねが…さわって…こっちも……」

ジューナは狂ったように金髪を振り乱し、腰を掴む柊一郎の片手を外させて前への奉仕もせがんでくる。

貪欲に快楽を求められたらもっと応えてあげたくなり、背中から前に回した左手で乳首を揉みしだき、右手で反り返る昂《たか》ぶりを擦り立て、舌で耳孔を愛撫しながら抜き差しのスピードを上げていく。

「あ、あ…いい、柊っ、すごくいっ…や、も、出ちゃ……cum《…イっちゃう…！》……！」

汗で竹を掴む手が滑って上体が落ち、尻を突き出すようなスタイルで青竹に顔を擦りつけて身悶《みもだ》えられると、金髪の淫蕩《いんとう》なかぐや姫を犯しているような気分になる。

まだこの熱い襞《ひだ》に包まれていたくてジューナの根元を握って射精を阻み、これ以上ないほど奥まで突き上げて密着したまま腰をまわす。

「あぁそんな、いっぱい入っちゃ……、やっ、も、柊っ倒れちゃうっ……」

やみくもに髪を振りながら竹を握り直して喘ぐジューナの中から今度はぎりぎり抜けそうなところまで引き抜き、纏わりつく粘膜を捲《めく》り上げるようにまた押し込む。

「あぁッ、も、だめっ……もうあふれちゃうっ……おかしくなっちゃ……ねが……柊っ……！」

こっちの気が狂いそうな可愛い泣き顔で振り向かれ、繋がって揺れたまま夢中で口づける。

絡まる舌と痙攣《けいれん》するような締めつけに限界が近づき、ジューナが呼吸を求めて唇を解いた時、柊一郎は動きを止めて肩で息をしながら懇願した。

「…Juna《…ジューナ…》…please say that you love me《愛してるって言って…》……」

「…Yes《…うん…》…I love you《愛してる…》…you're my everything《柊は僕のすべてだよ…》……」

　これより他に聞きたいことはこの世にないと思う言葉を紡いでくれた唇にもう一度口づけ、揺れながら二人同時に月まで跳ぶような絶頂感に身を委《ゆだ》ねた。

＊＊＊＊

「今日の調子はどう？　食欲出てきた？　今日は友達と来たんだ。こちらジューナ・アヴリーくん。今蔦乃屋でちょっとバイト、っていうかまあそんな感じで働いてもらってるんだ」

　柊一郎は祖母の病室の枕元《まくらもと》に座り、ジューナを紹介する。祖母の絹江《きぬえ》は事故で負った全身打撲と大腿骨《だいたいこつ》骨折のためにまだ入院加療中だった。

　旅館では老いても充分往時の美しさを感じさせる貫禄ある大女将の絹江だったが、今は自分だけが生き残り嫁を先に逝《い》かせた逆縁の不憫《ふびん》さからなかなか気力を取り戻せないでいる。

　普段は若々しく見聞も広く七十を越えているとは思えないほど張りのある女性なのだが、すっかり弱ってしまった絹江の気分を変えようと柊一郎は見舞いにジューナを連れてきたのだった。

「初めまして、ジューナです。このたびは、本当にとてもひどい目に遭われて大変でしたね。……僕はまだボストンの祖父と愛犬のコンスエロとしか永いお別れを知らないんですが、とてもお辛いことは想像できます」

金髪碧眼《へきがん》の外国人の口から出たとは思えないような発音に驚いて絹江が目を瞠る。

ジューナはその手の視線に慣れているのでにこっと笑って続けた。

「えっと僕、高校から九年間日本語の勉強してるんです。それでそこそこまともに話せるようになりました」

そこそこまともなんてものじゃないだろう、と絹江はおかしくなったらしく、久しぶりに笑みを浮かべた。

ジューナは人好きのする笑顔で笑い返し、さくっと言った。

「今僕、蔦乃屋で女将修業をさせていただいてるんです」

女将ですって？　と絹江は眉を寄せて柊一郎に問う。

外国人だから『アルバイト』という意味で言ってるんじゃないかな、という言い訳で信じてもらえるか柊一郎が躊躇《ちゅうちょ》しているうちに微妙な空気の読めないジューナが微笑みながら続ける。

「本当に蔦乃屋は素晴らしい旅館だと思います。ロケーションも佇まいも、お料理もお風呂も部屋の調度とかも、僕はアメリカ人だから余計エキゾチックな魅力を感じるのかもしれませんけど……何より従業員の皆さんのプロ意識の高さに感心します。どれだけ心地よさを提供できるかが勝負だって大旦那さんが言ってましたけど、日本の『義理と人情』を感じさせるおもてなしってすごくいいなあって、僕も早くそういうことができるようになりたいなって思ってるんです」

絹江はジューナの言葉に静かに口元を綻《ほころ》ばせた。

「僕、まだ裏方仕事も失敗ばっかりで大旦那さんに怒られてばっかりなんですけど、こないだ初めて一回だけお客様に接して、ほんとにちょっとしたことをしただけだったのにチェックアウトの時に『ありがとう、来年は主人も連れてまた泊まりにきます。また茉歩と遊んでやってくださいね』って言ってもらえたんです。ほんとにすごく嬉しくて、ちょっと泣いちゃいました」

高橋様とのお別れを思い出してまたじんわり涙ぐむジューナに絹江は優しい笑みを浮かべ、それ以上柊一郎に説明を求めなかった。

ジューナはさっと指で目尻を拭って持参のトートバッグから赤いタータンチェックのブランケットとお揃いの水筒とピーナツバターサンドを取り出した。

「大女将、あんまり病院の食事が召し上がれないって柊に聞いたから、虫養いを作ってみました。病院の部屋で一人で食べるからおいしくないんじゃないかと思って。ここでみんなでピクニックしましょう」

ジューナは絹江のベッドの上にブランケットを広げ、おしぼりで絹江の手を優しく拭いてサンドイッチを手渡した。

「どうぞ、柊は世界一おいしいって言ってくれるんですよ。蔦野家にはピーナツバターはハイカラだから置いてないから、柊にお店に連れてってもらってさっき一緒に作ったんです」

はい、ごほうびに柊にもあげる、とジューナは笑いながら柊一郎にひとつ渡して自分もパクリと食べる。

ジューナの選んだ真っ赤なブランケットが殺風景な白い個室を野原に変える。

絹江は珍しくいつもより少し食が進み、ジューナの他愛ないおしゃべりに温かい眼差《まなざ》しで耳を傾けていた。

「大女将、早く元気になって足の骨もくっつけて旅館に戻ってきてくださいね。僕、夏休みが終わったら大学に戻らないといけないんですけど、本物の大女将のおもてなしをこの目で見て盗みたいんです。大旦那さんから、『学ぶ』は『真似ぶ』から来た言葉だから、まずは先輩をよく見て真似しなさいって言われてるし、教えて欲しいことがいっぱいあるんです」

ジューナはそう言って床頭台の上にあったブラシを見つけ、旅館ではきりっと結い上げている絹江の束ねて片側に下ろした白髪《しらが》混じりの髪をそっと梳かした。

「……お化粧してなくてもこんなに綺麗なんだから、ちゃんと着物を着たらどんなに粋《いき》でオツでイナセな美人になるんでしょうね。ん、僕誉め言葉で言ってるんですけど、もし変だったらごめんなさい」

アメリカ人というよりイタリア人めいた台詞《せりふ》に絹江はふふ、と笑う。

「面白い子ね。……ありがとう。今度はちゃんと身支度してお待ちしますから、よかったらまた、柊一郎と一緒にこんな年寄りのおばあちゃんの顔でも見に来てくれないかしら」

はい、また虫養い持ってきますね、と笑って頷くジューナに柊一郎はそろそろ戻る時間だと告げる。

女将修業の経緯について言及されないうちに病室を出て車に乗り込む。このままドライブにでも行けたら最高だったが、旅館の送迎が控えているので真っ直《まっす》ぐ蔦乃屋に戻らなければならない。それでもジューナはにこにこと機嫌よく温泉街を車窓から眺めて嬉しそうにしている。

あの夜以来こまめにスキンシップを図らないとお互いに爆発するということを学び、今日も短いドライブデートを兼ねて一緒に見舞いに連れ出したり、今まで諄之介とやっていた書道の練習も柊一郎が指南役を交代した。

諄之介が寝た後で柊一郎の部屋を訪れる計画を立ててみたものの、ジューナがどうしても起きていられず計画倒れに終わっていたが、龍之介の目を盗んで館内でキスやハグをするスリルを二人は少しだけ楽しんでいる。

まだ表方の仕事はさせてもらえないままジューナの夏休みも終わりが近づき、明後日《あさって》はもう東京に帰らなければならないという日の昼休み、ジューナは柊一郎と帳場の隅で習字の練習をしていた。

麻衣子の書いたお品書きを一枚お手本にもらって練習しながらジューナが呟く。

「……あのね、柊、僕……、もう学校やめようかな……」

このまま蔦乃屋を後にしたら、なしくずしに麻衣子に女将の座を奪われてしまうのではと危惧《きぐ》するジューナに柊一郎は首を振る。

「何言ってるんだよ。正式に会社辞めたあとも毎週休みもらってこっちから俺が会いに行くから、ちゃんと本分を頑張ってくれよ」

「……うん、でも……」

ほら、その話はこれで却下、早く『黒毛和牛朴葉《ほおば》焼き』って書いて、と促しながら柊一郎もひそかに溜息をつく。

まだ父親からは認めるともダメとも言ってこないし、自分としてもジューナに研究者になる道を諦めさせて旅館の手伝いをさせることに躊躇いが捨てきれないでいる。

一番現実的なのはジューナが帰国するまでは自分が通い、その後帰国したら諄之介が卒業するまでアメリカと日本で遠距離恋愛を続けることだが、離れることでまた様々な悩みや心配事が増えるだろうことは容易に想像できた。

ぼんやりしていると、ジューナがちょんと鼻の頭に筆で墨をつけて悪戯してきた。

こら、やめろよ、と苦笑しながら窘めると、だって先生がぼけっとしてるんだもん、昔の日本の子供たちはお正月に墨をつけ合う習慣があったってフランツが言ってたよ、とさらに顎にも頬にも墨をつけてくる。

それは羽根つきがメインで墨は罰ゲームなの、と訂正しながら、もうどうせ洗うからと好きに顔に落書きさせていると、ふと見下ろした練習用紙に旅館の従業員全員の名前が盲目の書道家の作品のような字で並んでいた。

「これ……なんで？」

ジューナはぺろっと舌を出して首を竦める。

「帰る前にみんなにお礼状を書こうと思ったんだけど、やっぱり筆じゃ無理みたい。ボールペンの方がまだ読める字で書けるから、ペンで書くことにする」

そう聞いたら、本当にもう毎日顔を見ることができない距離に離れてしまうのだと実感した。メールも電話もあるし特急で二時間の距離なんてアメリカに比べたら全然たいしたことないと自分に言い聞かせても、夏中一緒にいたことを思うと切なくなってきてしまう。

黙り込んだ柊一郎に気づかず、ジューナは「ほんとに漢字って難しいよね」と言いながら新しい紙に『蔦野柊一郎』と『ジューナ・アヴリー』と並べて書き、「ほら、この画数の差を見てよ」と笑う。フランツから聞いたというハートの相合傘をつけ足して、

「……ねえ柊、もし僕と柊が日本の民法で結婚できることになったら、書類に『蔦野ジューナ』って書く時に名前も漢字がいいんだけど、なんかいい字を考えてくれない？」

突然めちゃくちゃを言い出すジューナに笑いを誘われ、柊一郎のやや翳《かげ》っていた気持ちが和らぐ。一番先に思い浮かんだ当て字をそのまま書いたら『汁菜炙《じゅうなあぶり》』になってしまい、ジューナは不満げに眉を顰《ひそ》めた。

「……なんか美しい漢字じゃない。これじゃ『一汁三菜』みたいでやだ」

もっともなご意見に再度筆を走らせるが、『十名』とか『獣南』とか『柔奈』などいまひとつい い当て字が見つからず、恋人の唇がぷんと尖る。

「あ！　こういうのどうかな？　『慈雨那』。ちょっと夜露死苦系っつーか万葉仮名っぽいけど、字面はよくない？」

……うん、今までのよりは結構いいけど、ルビが『じうな』でジューナって読むんだったら、ちょっと『どぜう』っぽくない？　とマニアックな突っ込みをされて苦戦していると、

「なんだ、柊一郎、その顔は」と通りすがりに墨だらけの息子の顔を見てぎょっとした龍之介が帳場に入ってきた。

二人で慌てていると、龍之介は紙を見下ろして「……なんだこれは。金髪の名前か」と呟いた。

お品書きの練習もしないで、と叱られるのではと硬直するジューナをちらりと一瞥し、龍之介は少し考えてから柊一郎から筆を奪って硯《すずり》に二三度走らせて、さらっと余白にしたためた。

「……これでいいんじゃないか、字あまりだが」

龍之介が書いた『自由な』という文字に、ジューナはきょとんとする。

「……こっちの方がお前の性格に合ってないこともないし、簡単な字だからお前にも難しくないだろう」

「………」

ジューナは瞠った瞳をじわりと潤ませてカクリと頷く。

「……う、嬉しいです。素敵な当て字です。ありがとうございます。自由な性格って、ちょっと誉め言葉ですよね……？　でも婚姻届に『蔦野自由な』で許可されるかな。『美ど里《みどり》』さんとかもいるから大丈夫かな」

そこはかとなく漂っていた邂逅《かいこう》ムードが『婚姻届』というNGワードでぶち壊される。

「馬鹿言うな、何言ってんだ、男のくせに。お前なんかたとえ女でも蔦野家の嫁には絶対に迎えんぞ。男が嫁やら女将やらになるなんぞ最初から無理だと言ったはずだ。……諄之介から聞いたが明後日帰るそうだな。お前のその素っ頓狂なおしゃべりが聞こえなくなってやっと静かになるし、これでようやく俺の血圧も安定するだろう」

ジューナが目を見開いて反論するより先に龍之介は法被の袂《たもと》から封筒を取り出した。

「これは一応バイト代だ。半人前以下のお前にパートさんたちと同じ時給は癪《しゃく》に障るが、家のこともやらせたし、逃げ帰らなかったボーナスだと思え」

スッと封筒を机の上に滑らせた龍之介に、ジューナは泣きそうな顔でふるふると首を振る。

「い、嫌です、いただけません、お金なんて……。だって僕は女将修業をしていたのであって、お金をいただいてしまったら単に外国人アルバイトになっちゃう気がします……。絶対蔦野家の嫁にはしないって言われても、僕は蔦野の家と一緒になりたいわけじゃなくて柊一郎と一緒になりたいんだから、それはお父さんが決めることじゃなくて……」

懸命に言い募るジューナを龍之介が遮る。

「だからそういう反抗的で口の減らないところが嫁に相応しくないんだ、男という以前に。だいたい男が男を好きになるなんて、それも自分の息子《むすこ》がそんなことを言い出すなんて俺は思ってもいなかった。こんな生意気な外人とどうこうするなんて、俺には到底考えられん。お前と柊一郎がどうこうしているところなんか死んでも想像したくない」

ジューナは涙を溜めた瞳でキッと龍之介を睨んだ。

「口が減らない外人だから遠慮せず反抗させてもらいますけど、僕だってお父さんとどうこうするつもりは到底ありません。だからそんなこと考えられなくていいです。柊と僕のどうこうするところも想像しなくていいです。だって想像なんて無理だから。柊と僕の最高のファックはやってみなきゃとても想像なんかできないくらいすご……っ」

また不適切な発言を口走る恋人の口を柊一郎が慌てて塞ぐと、ジューナはその手を振り解いて叫んだ。

「お父さんっ、人が人を愛する気持ちのどこにそんな大きな違いがあるんですか？　お父さんがアキヨさんを愛してたのと僕たちが愛し合う気持ちは全然別物じゃありません。恥さらしなんかじゃない、同じくらい素敵なことです。法的に認められなくても柊一郎のパートナーは僕だけなんです。……日本文化もよく知らないし、味噌汁もうまく作れないけど、どうかお願いです。僕を柊一郎の、この蔦乃屋の若旦那の嫁として認めてください……！」

涙を浮かべて両の拳を握りしめるジューナにじっと視線を当て、引き結んでいた唇から龍之介はふぅ、と長く息をついた。

「……お前みたいに嫁の意味もわからんような、すぐ人の言うことも聞かずに激しく自己主張するような外人は老舗旅館の接客業なんて到底無理だ。……と俺は思うんだが、……大女将が、お前に冬休みにもまた修業の続きをしに戻ってこいと言っている」

え……、とジューナはさっと表情を変える。

別に俺が言い出したことじゃない、と龍之介は渋い顔で念を押す。

「大女将がお前を気に入ってしまったらしい。お前は心も身体も健康そうで相手に好印象を与えるし、もてなしの心を知っているから、もしやる気があるなら自分がいろいろ旅館業を教えて磨いてみたいそうだ。それで早く退院したくなったと電話があった」

瞠目《どうもく》して顔を見合わせるジューナと柊一郎に龍之介はぶすっとした声を出す。

「……まあ、こういう変なのがいたおかげで俺も叱《しか》るのに忙しくて章代のことで落ち込む暇もなかったしな。……百歩譲って外人客用にスタッフに一人くらい外人がいても悪くないかもしれんと思っただけだ。布団の上げ下ろしや庭の手入れなんかは男の方が戦力になるし、ぶきっちょなお前でも探せばなんとか使える道はあるかもしれん」

どうしてこの人はこういう言い方しかできないのかな、と思いながらジューナは涙を拭い、柊一郎に笑いかけてから龍之介に目を戻した。

「……もちろん、また絶対冬休みにも来ます。来させてください。まだ四百本の掛け軸とか焼き物とかお父さんに教えて欲しいことがたくさんあるし、嫌味ったらしいお父さんと口喧嘩するのもなんだか楽しく思えてきちゃって今じゃ趣味になっちゃったし」

そんなもんなるな、血圧が上がるだろうが、と叱られながらジューナは笑った。

「……僕、柊一郎がたとえ八百屋でも味噌屋でもどじょう屋でも、とにかくどんなところの跡継ぎでもずっと一緒にいたいから頑張るつもりだったんですけど、でも老舗旅館の仕事を知ったら、もう他のところじゃやだなって、柊が蔦乃屋の跡取りでほんとによかったなって、思ったんです」

微笑みかけるジューナに龍之介はフンと鼻を鳴らす。もうそれがこの頑固親父のポーズだとわかっているのでジューナはめげることなく言葉を継いだ。

「現代の日本人ってものすごいストレス社会に生きてるじゃないですか。でもここで美しいお庭を見ておいしいものを食べていいお風呂に入って、帰る時ちょっと元気になったお客様の顔を毎日見られるなんて、とっても素敵なお仕事だと思うんです。自分のしたおもてなしで相手に喜んでもらえるってほんとに嬉しいことだから、ちゃんともっといっぱい勉強して修業して、僕は立派に柊一郎を支えられる若女将になりますから!」

「だから、お前何聞いてるんだ、さっきから。男は嫁にも女将にもなれんと言っとろうが。お前のことは単なる従業員として蔦乃屋においてやってもいいと言っているだけだ。お前なんかまだまだ半人前にもならない未熟者なんだからみっちり指導が必要だ。しょうがないから冬休みもビシビシ鍛えてやる。気合を入れてこい」

そんなくどくどしい小言の形でしかジューナを認めてやると伝えられない龍之介だったが、嬉しそうに頷くジューナにわざわざ渋面を作り直して机に置かれたバイト代を指さした。

「……これを受け取らんというなら、現物支給にしてやる。お前の親父にタダ働きさせたと訴訟起こされるのも癪だからしょうがない。明日はたまたまうちの最高級の『橋姫』に予約がない。明後日帰るなら、その前にお前を一泊だけお客様として泊めてやる。一泊五万の蔦乃屋貴賓室のおもてなしはどういうものか自分で体験してみるのもいいだろう」

そして翌日、はしゃぎきったジューナは旅行気分を出すためにわざわざ鞄に荷物を詰めて駅まで柊一郎に送ってもらい、一旦下ろしてもらったところからジューナ版『いい旅☆夢気分』をスタートさせる。

完全に調子に乗って、両親に送るからと柊一郎からビデオカメラまで借りてジューナはまず駅舎から撮影する。

「さて、こちらが『月詠温泉駅』です。来年で開湯千百年を迎える月詠温泉は、古くから温泉宿場街として栄えてきました。現存する大正浪漫《ロマン》を色濃く伝える街並みは貴重な歴史的資料と言えましょう」

番頭の靖さんからの受け売りを流暢にレポートしながらジューナはカメラをまわし、ジューナの選んだネクタイをして蔦乃屋の法被を羽織った柊一郎を映す。

「こちらが本日お世話になるお宿、創業二百五十年の老舗旅館『蔦乃屋』の若旦那、蔦野柊一郎さんです。かっこいいですね。二十七歳独身ですが、素敵な恋人がいるそうです」

接写されて笑顔を引きつらせる柊一郎にジューナが楽しそうに笑う。車窓からの景色もビデオにおさめ、ジューナは門の前に立った。

「ご覧ください、こちらが大正十年に夏見《なつみ》侯爵家の夏の別荘として当時の日本建築の粋《すい》を極めたスキヤキ造りで、じゃなかった、数奇屋《すきや》造りで建てられた大邸宅を蔦乃屋七代目が昭和二年に旅館に改装し現在まで数多くの文人・各界名士にも愛されている蔦乃屋本館でございます。すごいですね、立派ですね、僕の説明も素晴らしいですね」

一般客のチェックインとぶつからないように早目の時間だったので、ジューナは誰もいない蔦乃屋の前庭を一人占めしてはしゃぐ。

入口まで着くと、龍之介、靖之、麻衣子、五十鈴、静江、琴乃、諄之介がずらりと並び、

「蔦乃屋へようこそお越しくださいました。本日当館『橋姫』にお泊りのアヴリー様でございますね。蔦乃屋九代目主人の龍之介でございます。遠路お疲れ様でございました」とプロらしい微笑を湛えた龍之介に挨拶され、皆に揃って深々とお辞儀をされて、ジューナは「嘘…」とカメラを落としそうになる。

「ちょ、皆さん休憩中なのに、僕相手にそこまで本格的にしてくれなくていいですよ。ほんとに客室に泊めてもらっていいのかなって、またお掃除しなくちゃいけないのにごめんなさいって気が引けてるくらいなのに……」

まさかそこまで本物のお客様扱いしてもらえるとは思っておらず慌てるジューナの前に麻衣子が進み出た。

「本日アヴリー様のお部屋を担当させていただきます麻衣子と申します。どうぞご自宅のようにくつろがれて、御用がございましたらなんなりとお申しつけくださいませ。まずはお部屋の方にご案内させていただきますので、どうぞご一緒に」

にっこり笑って荷物を受け取られ、おろおろしてジューナが柊一郎を振り返るとにこっと頷かれる。

皆が真面目に本当の客としておもてなしをしてくれようとしているのがわかり、ジューナは驚きとわくわくを半分ずつ胸に抱いて麻衣子の後に続いた。

「こちらが当館の貴賓室『橋姫』でございます。皇族や華族、文豪もお泊りになったお部屋でございまして、本座敷、次の間、茶室、広縁つきの離れで、源泉かけ流しの檜《ひのき》露天風呂から『橋姫』にお泊りのお客様だけの坪庭がお楽しみいただけます。当館の客室にテレビは置いてございませんが、蹲《つくばい》に落ちる水一滴の音も聞こえる静けさの中で何もしない贅沢なひとときをごゆっくりおくつろぎいただけるようにとの配慮でございます」

普段何か壊すといけないので入室を許可されていなかった『橋姫』の床の間、違い棚、付書院、格天井《ごうてんじょう》、襖絵、欄間などの詳しい説明をジューナは歓声や感心の溜息をつきながらカメラにおさめる。次に麻衣子は十種類の浴衣の中から好きな柄を選ぶように勧め、着つけを手伝ってくれた。

絶対アメリカの家族が喜ぶに違いない、と茶室での麻衣子のお点前《てまえ》を撮影し、何度飲んでも苦味に慣れない抹茶をいただいてからジューナはようやくカメラを置いた。

また修業にこいとは言われたものの、帰る前にきちんと麻衣子の気持ちを確かめておきたかった。

「あの、麻衣子さん……、勝負の件なんですけど……やっぱりまだ、麻衣子さんも蔦乃屋の女将に……?」

おずおずとジューナが切り出すと、麻衣子は営業用から素の表情に戻ってさばさばした口調で答えた。

「もちろん女将になりたいわよ、それが私の夢だから。女将は旅館の最高責任者で、絶対向いてる天職だと思うから」

きっぱり断言され、困惑して次の言葉が出てこないジューナに麻衣子は続けた。

「でも蔦乃屋じゃなくてもいいわ。……私ね、理想の宿があるのよ。一日一組限定で、その日のお客様の好みにすべて合わせたおもてなしができる宿でね、至れり尽くせりが好きな方には痒《かゆ》いところに手が届くように、ほっといて欲しい方にはつかず離れず、お料理のメニューももちろんご希望に合わせるし、ペットと一緒でもいいし、バリアフリーで車椅子の方とか在宅酸素使用の方とかも楽々泊まれてね、健康的な食材にこだわって、私これからエステの資格も取るつもりだし、手話とかも習って、もうどんなお客様でも身も心もリラックスしてもらえる宿がやってみたいの。……やっぱり手近な跡取りの嫁になって女将になろうなんて横着しちゃダメよね」

首を竦めて麻衣子はまた女将代行の顔に戻り、「アヴリー様、よろしければ爪のお手入れをさせていただきますね」と微笑んで、ジューナの日々の雑用で酷使した爪の甘皮ケアと手のオイルマッサージをしてくれた。

嬉し恥ずかしハンドエステ初体験を堪能していると、麻衣子が数種類のハーブオイルを調合したもので気持ちよくマッサージしてくれながら言った。

「旅館ってお客様にどれだけ『おおっ』って思わせられるかが大事だと思うの。蔦乃屋はまず建物の風格でおおってなるじゃない？　中の凝った意匠や古美術品、お部屋の雰囲気、朝採れの新鮮な海鮮や地産野菜を使った板長の心尽くしのお料理に、四季折々の自然を楽しみながらの露天風呂、広い庭園は昼も夜も楽しめて、もうこれだけで充分三万円の価値はあるかもしれないけど、もっと大事なのはそこにいる人なのよ。大女将の佇まいを見たら誰だっておおってなるし、よく教育の行き届いた仲居さんたちも魅力的よ」

だけど、と麻衣子はジューナの青い瞳を覗き込む。

「ジューナくんが一番インパクトあると思うのよね。普通なら和風旅館にいるはずのない金髪碧眼の美青年がぺらぺらの日本語しゃべって一生懸命おもてなししようとしてくれるのを見たら、大抵の女性客ならぐっとくると思うな」

麻衣子はにこっと笑って丁寧に熱いタオルで手を包みながら続けた。

「大女将にもリピーターのファンがいるけど、ジューナくんももうすでに高橋様をリピーターにしたじゃない。蔦乃屋は柊ちゃんもいるし、美少年好みには諄ちゃん、渋好みには龍おじさん、板長も客室に陶板焼きに行ったりするとお客さんはすごく喜ぶし、ちょっと値段はお高いけどもう一度会いたいって思わせるバリエーション豊かな美形従業員が揃ってるって蔦乃屋のすごい強みだと思うわよ」

頑張ってね、私も理想の宿の女将目指して頑張るからね、とぎゅっとライバルから戦友に代わった相手に握手され、ジューナは知らずにぽろっと涙を零していた。

やだ、なに泣いてんのよ、ほんとに感激しやすい子なんだから、金髪触るわよ、とどさくさに紛れて頭を撫でられ涙を拭かれる。

本物のお客様をお迎えしないといけないからもう行くわね、ともう一度頭を撫でてから麻衣子は『橋姫』を後にした。

広い部屋にぽつんと残されてジューナはしばらく青い山紅葉《やまもみじ》の揺れる坪庭を眺め、この夏で初めて何もせずにぼんやりと時が止まったような時間を一人過ごした。

たったひと夏をここで過ごしただけなのに、もうここが自分の居場所でここにいる人たちが新しい家族のような気がした。

ジューナは従業員一人ひとりの顔を思い浮かべ、礼状を書くためにレターセットを取り出す。龍之介の指導は厳しかったが、今なら素直に奥平の言葉に頷くことができる。本気で追い出したかったらできないわけはないのに、意地悪を言いながらも見捨てずに面倒をみてくれた。麻衣子も常に自分を高め、持てる能力を駆使してお客様を喜ばせる女将の心構えを教えてくれた。

敵なんて思ってごめんなさい、今では二人のことが大好きです、と胸の中で呟いてジューナは感謝の気持ちをしたためる。

　手紙を書き終え、夕食までの間ジューナは下駄を引っかけて坪庭をそぞろ歩き、赤い大きな傘の下で部屋つきの露天風呂を使った。

　大浴場の樹齢千年の古代檜のお風呂や森の中の滝の見える露天風呂もちょっとそそられたけれど、以前柊一郎と日帰り温泉に行った時に見知らぬ他人に珍しがられて露骨にじろじろ身体を見られたのが嫌だったので遠慮しておく。

　また次に来た時に時間外に使わせてもらえばいい、と思いながらお茶を淹《い》れて一息つくと、しんみりした気持ちがおさまって、ジューナはまたビデオ撮影を再開する。

「このように日本のティーカップには取っ手がついていないのにやたら熱い緑茶が好まれます。日本人は指の皮が厚いんでしょうか。でも多くの日本人はとても手先が器用なのでこの仮説は間違ってるかもしれません。でも猫舌の人は少ないような気がします。味噌汁もすごく熱いからです。温泉も熱いし、僕は初めて温泉に入った時あまりの温度に思わず『茹《ゆ》でる気か！』と突っ込みたくなりました。でも根性で我慢しているとふいに『おぉぉ……』と気持ちよくなる一瞬が訪れます」

　一人でしゃべりながら室内をうろうろして撮影し、本座敷に戻ってくると、いつのまにか座卓に料理が並べられていた。隅に控える麻衣子と奥平が笑いをこらえている。

「ごめんね、他のお客様より早目に支度させてもらっちゃったの。さっきまで生きていた蟹《かに》や鮑《あわび》を板長自ら焼いてくれるからね」

聞かれていたのか、と顔を赤らめながら、ジューナは目の前の豪華な懐石料理に目を輝かせる。厚い座布団を二枚重ねした座椅子に座り、奥平が温石《おんじゃく》の上で海鮮を焼いてくれるのを大名気分で脇息《きょうそく》に片肘で凭《もた》れながら満面の笑顔で眺める。初めて脇息を見た時は足を乗せるオットマンだと思って座椅子の横ではなく座卓の下に置こうとして龍之介に叱られたが、それもう過去のことである。

「見てください、この素晴らしいお料理を。日本料理は芸術なんです。この全部バラバラな器もセットを割っちゃった寄せ集めとかじゃないんです。初めから不揃いなんですね。それが日本の美意識なんです。この東寺の帝釈天《たいしゃくてん》像みたいなハンサムな板長さんは日本語の中でも最も美しいとされている京都弁を話します。板長さん、ちょっとカメラに向かって『ジューナはん』ってなんかしゃべってもらえませんか？」

ジューナの無茶ぶりに調理しながら苦笑して奥平が首を振る。

ぬるっとした食感のものを排したジューナ好みの美味な料理をたらふく食べて、食後にまったりしてると諄之介がやってきた。

「失礼いたします、お休みのご用意をさせていただきます」

初めは従業員ぶって澄ました顔をしていた諄之介もジューナの接写攻撃にくくっと吹き出し、それからはいつも通りの可愛い弟分になる。

「ねえジューナさん、ちょっと指圧してあげる。俺いつもおばあちゃんたちにやってたからうまい方だと思うんだ。整体師になれるっておじいちゃんにも言われてたし。ちょっとうつぶせになってみて？」

すごい、貴賓室ってこんなことまでしてくれるの？　と喜んでジューナは延べてもらった絹布団の上にうつぶせになって顔を伏せた。

背中に乗られて肩甲骨や肩や腰のツボを絶妙な強さで時間をかけてじっくりと指圧され、気持ちよすぎて時折意識が遠のきそうになる。

「諄、すごい気持ちいい、なんて上手なの……絶対整体師に向いてるよ……諄に揉《も》んでもらったら、きっと皆天国に行っちゃう……」

夢見心地でうっとりと凝りを解《ほぐ》される快感に浸っていると、上から声が降ってきた。

「そう？　じゃあ転職しようかな、若旦那から整体師に」

諄之介の声じゃないことに驚いて背後を振り仰ぐといつのまにか柊一郎に替わっていた。

「柊！　ビックリした、いつ……!?」

全然気づかなかった、と目を見開いていると柊一郎の脚の間で身体を反転させられる。

「弟でもあんまり簡単に乗せないで」と軽く睨まれ、ジューナは笑いながら柊一郎に腕を差し伸べた。

「いたんだね。若旦那は忙しいからもう来てくれないのかと思っちゃった」

唇を尖らせると願い通りに優しいキスが落とされる。

「……ねえ若旦那さん、蔦乃屋では『橋姫』に泊まるといつもこんな素敵なサービスしてもらえるの？」

ひとしきり結び合わせた唇を解いて悪戯っぽく訊《たず》ねると、柊一郎は片眉を上げる。

「若女将になってくれる人限定でね」

ジューナは自分の胸をきゅんとさせるのがこの世で一番上手な相手の首に腕をまわす。

「……ねえ、柊……？　ここは、伽羅《きゃら》の香木を焚いた残り香のする雅な『橋姫』の絹布団の上だし、今度は竹林のワイルドなファックじゃなくて、じっくり契りを結びたいんだけど、そんなサービスもしてくれる……？」

自分がこの世で一番柊一郎をその気にさせるのが上手だという自覚を持ってジューナは色めいた声で誘う。

柊一郎が返事をしようとした瞬間、

「あっ！　待って柊、まだあった！」と急に色っぽさの分量が目減りした声でジューナは叫んだ。

「せっかく浴衣着てるから、雅にファックする前にフランツが言ってた日本情緒の様式美っていうのをやってみたい。『あ～れ～』って帯解かれるやつ一回やって？　あと雅に契った後で、外の貸しきり露天風呂で『温泉でしっぽり』っていうのもやってみない？」

雅にはほど遠い率直なアメリカ人若女将候補の提案に（…フランツって、一体…？）と思いながら、柊一郎は目は笑ったまま真面目くさった声で答えた。

「お客様のご要望にはできうる限り最上のおもてなしでお応えするのが蔦乃屋の流儀ですから」

あとがき

こんにちは、小林典雅です。デビュー作から約三年の潜伏期間を経て（きみまろ）、奇跡的に二冊目を出していただけることになりました。しかも新創刊レーベルで。とっくにどっかに消えたと思ってた方、典雅はまだ生きておりました（のっけから自虐ネタ）。

本作は老舗温泉旅館を舞台にしたラブコメディです。担当様から旅館物などどうかとご提案いただき、（行ったことねえぜ…）と動揺したのですが、よくカップルが温泉旅行に行く話はあるけど旅館自体が舞台の話って少ないかも、とむくむく個性派魂が擡げてきて（それが一般受けしない理由）行ってみたい温泉地を全部混ぜ込んだ架空の月詠温泉を捏造してみました。キャラも和風旅館なのに金髪碧眼が主役だと面白いかも、跡取り息子の攻は苦労症がツボ、やっぱり板さんは京都弁よね…と頭の中でどんどん柊一郎とジューナの恋と騒動が浮かんできてとても楽しく書きました。作中になんちゃって京都弁が出てきますが、実際には三十代の男性でここまでコテコテの京言葉はありえないそうです。あと英語もしゃべれないのに主役をアメリカ人にしちゃったのでちょっとスラングとかも書いちゃったのですが、英語と京都弁に堪能な方、もしおかしな点に気づかれてもフィクションと割り切って雰囲気を味わっていただけると助かります。
　BLノベルズ界では茨の道だという自覚はあるのですが、私は笑えて心温まるラブコメが好きなんです。これからも書く場を与えていただける限り、明るく笑えて読後元気になるようなラブコメを書いていきたいと思ってます。本作もヤクザや鬼畜やミステリアスなクールキャラなど一人も出てきませんが（フランツが軽く謎キャラ？）、一箇所でもプッて笑ってもらえて温泉旅館に泊まったような癒され気分になっていただけたら本当に幸せです。もし気に入っていただけましたら、感想などお寄せくださいますと死ぬほど喜びます。サイトとかブログとかやってないのでお便りだけが頼りなんです。購入いただいた方にはオマケの小冊子がつくのですが、すごく嬉しいお手紙には裏設定の板長・諄編か佐川・不律の蔦乃屋お泊り編も調子に乗って書いちゃうかも）（いらね？）藤井咲耶先生、キュートなイラストをありがとうございました。切ないハードエロを書けと無茶を命じつつラブコメを書かせてくださるシャレード編集部にも感謝します。次は三年以内にお目にかかれたら嬉しいです。

小林典雅

※小冊子は新レーベル創刊記念特典になりますので、なくなり次第終了となります。
悪しからずご了承ください。

小林典雅先生、藤井咲耶先生へのお便り、
本作品に関するご意見、ご感想などは
〒101-8405
東京都千代田区神田神保町1-5-10
二見書房　シャレードパール文庫
「老舗旅館に嫁に来い！」係まで。

＊本作品は書き下ろしです

シャレードパール文庫

老舗旅館に嫁に来い！

【著者】小林典雅《こばやしてんが》

【発行所】株式会社二見書房
東京都千代田区神田神保町1-5-10
電話　03(3219)2311［営業］
　　　03(3219)2316［編集］
振替　00170-4-2639
【印刷】株式会社堀内印刷所
【製本】ナショナル製本協同組合

落丁・乱丁本はお取り替えいたします。
定価は、カバーに表示してあります。

ISBN978-4-576-07188-6

http://charade.futami.co.jp/